Guardián
de corazones

Laurie Paige

HARLEQUIN®
Recrea el tiempo para ti™

NOVELAS CON CORAZÓN

Editado por HARLEQUIN IBÉRICA, S.A.
Hermosilla, 21
28001 Madrid

I.S.B.N.: 84-396-6790-6
Depósito legal: B-47362-1998
Editor responsable: M. T. Villar
Diseño cubierta: María J. Velasco Juez
Fotomecánica: PREIMPRESIÓN 2000
C/. Matilde Hernández, 34. 28019 Madrid
Impresión y encuadernación: LITOGRAFÍA ROSÉS, S.A.
C/. Progreso, 54-60. 08850 Gavá (Barcelona)
Fecha impresión Argentina:8.6.99
Distribuidor exclusivo para España: M.I.D.E.S.A.
Distribuidor para México: INTERMEX, S.A.
Distribuidores para Argentina: interior, BERTRAN, S.A.C. Vélez
Sársfield, 1950. Cap. Fed./ Buenos Aires y Gran Buenos Aires,
VACCARO SÁNCHEZ y Cía, S.A.
Distribuidor para Chile: DISTRIBUIDORA ALFA, S.A.

Capítulo 1

BELLE se despertó sobresaltada y al momento comprendió que para su desgracia no era una pesadilla lo que estaba viviendo. Realmente había un pulpo gigante sobre ella. Una incontable cantidad de brazos y piernas se interponía entre ella y la libertad. Y, utilizando algunas expresiones malsonantes aprendidas durante la infancia, cuando su padre era un simple trabajador en los pozos petrolíferos, luchó con todas sus fuerzas para liberarse del monstruo.

–¡Haz el favor de callarte la boca! –le exigió una voz de hombre con dureza.

–¿Colt? ¿Eres tú?

–¿Quién diablos esperabas que fuera?

Belle se arrojó a sus brazos y lo abrazó con todas sus fuerzas. Se alegraba tanto de verlo... bueno, de oírlo. Porque lo único que era capaz de ver era una sombra borrosamente recortada contra la oscuridad que se cernía sobre ella. Y el cuerpo de Colt le resultaba extraño...

–¡Quítame las manos de encima! –le ordenó entonces una voz de mujer.

Belle comprendió que no estaban solos y rió aliviada.

–Guau. Por un momento he pensado que te habían crecido unas extrañas protuberancias –le confió a Colt.

Sintió entonces la mejilla de Colt contra la suya. Sabía que era él porque reconocía el aroma de su colonia. El corazón le dio un pequeño vuelco de júbilo.

–¿Te importaría apartarte un poco? Apenas puedo respirar.

Sintió que algo se movía sobre ella y a los pocos segundos lo que en principio le había parecido un pulpo gigante se levantó y se dividió en dos perfiles aparentemente humanos. Vio que la más alta de las sombras se movía y la oyó encender la lámpara.

Se hizo la luz.

Belle se quedó mirando fijamente dos pares de ojos. Unos ojos grises, que eran los de Colt, y otros azules, que eran los de una desconocida que la miraba como si fuera un lagarto repugnante que acabara de invadir su cama.

–¿Quién eres tú? –quiso saber la mujer–. Colt, creo que deberías llamar a la policía. Es evidente que esta mujer ha forzado la puerta y...

–No, yo no he forzado nada. El propio Colt me dio la llave –dijo Belle, haciendo que aquella altanera desconocida se tensara–. Hace años.

Por supuesto, no mencionó que también la había echado de casa cuando había intentado seducirlo. Bueno, no exactamente seducirlo. Simplemente, había pensado que el sentimiento era mutuo, que Colt la deseaba tanto como lo deseaba ella a él.

A los diecisiete años, todavía tenía mucho que aprender sobre los hombres y las mujeres. Al mirar a Colt y a la sofisticada belleza que lo acompañaba, se dijo que todavía le quedaban algunas lecciones por estudiar, a pesar de que después de los tres años transcurridos desde entonces, era ya mucho más sabia y madura.

Aquella mujer era evidentemente fría y calculadora. Sin molestarse siquiera en conocer las razones que la habían llevado hasta allí, ya estaba deseando verla entre rejas. Belle no podía imaginarse qué razones podía tener Colt para salir con una mujer así, por muy hermosa y elegante que fuera.

–¿A qué has venido? ¿A ofrecernos un strip-tease?

Al advertir sus labios apretados por el enfado y la mirada glacial que dirigía sobre sus piernas, Belle se dio cuenta de que el camisón se le había subido por encima de las rodillas y rápidamente se lo bajó.

–Ha sido culpa tuya –contestó a la defensiva–. Si tú

y esa amiga tuya loca por el sexo no os hubierais tirado encima mío, no habría tenido que...

–Caramba –dijo la mujer.

–¡Ya es suficiente! –gruñó Colt.

Belle cerró la boca y lo miró abriendo sus enormes ojos de par en par e intentando mostrar una expresión de absoluta inocencia. Intentó pensar en algo que la ayudara a llorar, pero el único pensamiento que llenaba su mente era la imagen de aquel hombre de pelo negro, ojos grises y músculos espectaculares.

La muñequita de la alta sociedad que lo acompañaba, se atusó el pelo y le dirigió a Belle una mirada de profundo desdén.

–Realmente, Colt, no sabía que te gustaran las mujeres tipo Lolita.

Su tono condescendiente irritó sobremanera a Belle.

–No soy una niña. Tengo veinte años, casi veintiuno. Los cumplo dentro de cuatro meses –añadió.

–¿Cuándo has llegado? –le preguntó Colt.

–Alrededor de medianoche. Llevaba dos días de viaje, y...humm... se me ha ocurrido venir a pasar unos días cont...

–Absolutamente no –declaró la otra mujer. Pero al advertir la dura mirada de Colt se retractó–. A no ser que sea pariente tuya...

–No –contestaron Colt y Belle al unísono. Y Colt hizo una rápida presentación–. Marsha Montbatten, Belle Glamorgan.

–Colt, no me parece en absoluto apropiado que esta jovencita se quede aquí –le aconsejó Marsha, mirándolo preocupada, como si lo único que le interesara fuera protegerlo.

Belle calculó que debía tener unos treinta años. Iba vestida con un modelo de seda negra de escote altamente provocativo. Llevaba unos pendientes y una gargantilla de diamantes. Había dejado caer al suelo, cerca de la puerta de entrada a la casa, una provocativa estola de encaje.

Materialista, añadió Belle a la lista de atributos de Marsha. Indudablemente, debía de tratarse de una cita sin ninguna importancia para Colt. Un hombre como él no podía enamorarse de una muñeca como aquella.

Belle se relajó. Por un instante, la había aterrado la idea de que pudiera estar enamorado, pero que un soltero llevara a una mujer a su apartamento no significaba necesariamente que tuviera algún interés más allá del sexual en ella.

Sin embargo, al advertir el duro gesto de Colt, comprendió que estaba de acuerdo con aquella belleza rubia. No se alegraba de verla y, definitivamente, no era bienvenida en su casa.

Un triste y doloroso sentimiento se extendió sobre ella. Se sentía como si alguien acabara de arrojarle un balde de agua hirviendo.

–Yo no pensaba... –empezó decir y se interrumpió para comenzar de nuevo y concluir con toda la dignidad que pudo reunir–: En fin, me marcharé.

–No –respondió Colt con cierto deje de amabilidad.

Belle y Marsha lo miraron fijamente.

–Puedes quedarte aquí. Durante un tiempo –se quitó la corbata y la chaqueta–. Marsha, voy a pedirte un taxi.

–¿Quieres decir que vas a dejar que se quede?

Belle observó a la pareja con interés. En cuanto Colt había aceptado que se quedara, había recuperado la calma.

–El padre de Belle era mi socio. Me nombraron tutor de su hija hasta que fuera mayor de edad. Belle es... Bueno, hay algunos problemas que tenemos que solucionar. Comeré mañana contigo.

–Ah, así que eres su tutor –aquella explicación pareció tranquilizar a Marsha. Miró a Belle divertida y sonrió compasivamente, como si comprendiera a Colt–. De acuerdo. Llama a un taxi. Nos veremos mañana.

–Estupendo –contestó Colt y salió con ella.

A Belle se le había caído el corazón a los pies al verse descrita como un problema. A juzgar por la expresión de Colt, su presencia era peor que el más terrible dolor de cabeza. En realidad, tampoco esperaba de él una calurosa bienvenida, pero le habría gustado ser recibida como una vieja amiga y no como una molestia. Lo había echado mucho de menos...

Estrechó las rodillas contra su pecho, asegurándose de que el camisón cubriera completamente sus piernas y esperó taciturna mientras Colt acompañaba a su cita.

Colter McKinnon era un hombre que protegía su intimidad. Había dejado muy claro la última vez que Belle se había entrometido en su vida que no aceptaría ninguna otra intromisión en el futuro. Pero las cosas habían cambiado. Tenía casi veintiún años y ya nadie podía darle órdenes como si continuara siendo una niña.

–Siéntate –le dijo Colt cortante en la entrada de la cocina.

Belle lo obedeció, presa de un profundo desánimo. ¿Qué ocurriría si, después del fiasco ocurrido tres años atrás, Colt no estuviera dispuesto a permitir que se quedara con él?

Cuando Colt se había comprado aquel lujoso apartamento, poco antes de que Belle se graduara, la joven había pensado que lo hacía porque ya estaba preparado para casarse y formar una familia... con ella.

Emocionada, el día de su graduación se había acercado a él para asegurarle que ella también lo estaba. Y Colt había echado por tierra todos sus sueños románticos. Le había dejado claro que le interesaban las *mujeres*, y no las jovencitas inexpertas como ella. Belle, entonces, había disimulado su dolor y, empujada por el orgullo, le había dicho que sólo se trataba de una broma.

Afortunadamente, aquel verano su padre la había enviado a Europa, en uno de aquellos interminables viajes educativos que la obligaba a realizar con viejas y antipáticas profesoras para que adquiriera conocimientos sobre el mundo. Seis semanas después, Belle había regresado a casa, justo a tiempo para asistir al funeral de su padre. Había muerto de un ataque al corazón días antes de su llegada.

¿Harold Glamorgan, el tejano descendiente de irlandeses que disfrutaba de sus buenos tragos de whisky, sus puros y enormes fuentes de carne con patatas, muerto? Increíble.

Por un momento, Belle recordó a su padre regresando de los campos de petróleo, siempre con un enorme abrazo para ella y otro para su madre...

Apartó aquellos recuerdos de su mente que despertaban su miedo a la soledad, la añoranza por la madre muerta cuando sólo tenía doce años y la conciencia de que nadie la quería en el mundo.

Colt había sido su defensor en otra época. Pero ya no lo era. Tras la muerte de su padre había cambiado, llegando a ser mucho más exigente que él. La interrogaba sobre sus clases en aquel prestigioso colegio femenino en el que su padre la había matriculado, y controlaba sus notas, enfadándose cuando no alcanzaba el nivel que esperaba y exhortándola a estudiar más, sobre todo las asignaturas relacionadas con el mundo de los negocios. Materias que, por cierto, Belle siempre detestaba.

—Si no recuerdo mal... y creo que de momento no tengo ningún síntoma de senilidad, se suponía que estabas haciendo un viaje por Grecia.

—No fui.

—Evidentemente –se quedó mirándola fijamente y encendió a continuación la cafetera–. Explícame lo que ha pasado.

Los planes que tan lógicos le habían parecido cuando se había dirigido hacia Dallas en vez de a Atenas, en ese momento le parecían débiles e infantiles.

—Voy a cumplir veintiún años en octubre –le recordó–. Entonces podré hacerme cargo de mi herencia.

—Siempre y cuando yo acepte hacer la transferencia de fondos de la compañía –le recordó Colt–. Y puedo retenerlos hasta que cumplas veinticinco años.

Belle no era capaz de averiguar sus intenciones por su expresión.

–Lo sé. La forma más rápida y fácil de aprender a hacer algo, es haciéndolo, así que he pensado que podrías enseñarme todo lo que necesito saber.

–¿En cuatro meses?

–Quizá no pueda aprenderlo todo, pero sí al menos lo más importante.

Belle evitó enfrentarse a su gesto de incomprensión y miró hacia los botes de hierbas que había sobre el fregadero. Eran unos frascos de cerámica que ella misma le había regalado. El hecho de que estuvieran allí, y en perfecto estado, significaba que Colt los había cuidado.

–Todavía tienes que seguir estudiando durante un año. ¿No crees que deberías retrasar tu incorporación a la compañía hasta que hayas terminado los estudios?

–Ni tú ni mi padre fuisteis a la universidad –pero al ver que con ese argumento no lo iba a convencer, lo intentó con otro–. ¿Y no podría ir aquí a la universidad y aprender a dirigir la empresa al mismo tiempo? Creo que tiene sentido.

–Tu padre...

–Quería que estudiara en Virgina. Y ya lo he hecho. Ahora quiero volver a casa. Me siento...

¿Sola? ¿Cansada? ¿Desgraciada?

Al pensar en ello, los ojos se le llenaron de aquellas lágrimas que anteriormente había invocado. Pestañeó con fuerza para apartarlas mientras Colt servía dos tazas de café y se reunía con ella en la mesa, colocando entre ellos una fuente de galletas.

Así que pretendía darle a la niña una galleta, una palmadita en la cabeza y decirle que siguiera su camino, se dijo Belle indignada.

La terquedad que había heredado de su padre emergió. No iba a permitir que la disuadieran con tretas y amenzas.

–¿La hija de Hal Glamorgan se ha rendido? –preguntó Colt con incredulidad–. ¿No será que te han expulsado de la universidad?

–No –replicó Belle y dio un sorbo a su café. Inmediatamente hizo una mueca. Colt hacía el peor café del mundo–. Apenas he estado en Texas, y mucho menos en Dallas desde que mi madre murió. Me he pasado ocho años viviendo en internados y viajando al extranjero. ¿Cuándo voy a poder tener mi propio hogar y dejar de dormir en habitaciones de hotel?

Un breve parpadeo de emoción atravesó la mirada de Colt, pero fue demasiado rápido para que Belle pudiera advertirlo. Sin embargo, si notó que parecía menos enfadado con ella. Ya no estaba furioso, la miraba pensativo.

A Belle se le levantó ligeramente el ánimo. Pero inmediatamente volvió a caérsele a los pies. Sus ojos conservaban la misma frialdad de hielo que cuando la había descubierto en su casa.

–¿Cuándo piensas madurar? –le sugirió fríamente.

Belle ni siquiera se dignó a protestar.

Colt se pasó entonces la mano por el pelo y preguntó muy serio:

–¿Por qué has venido aquí?

–No tenía otro lugar al que ir –contestó Belle sin pensar, sorprendida por aquella pregunta. Su padre había vendido la casa y el rancho que ella adoraba después de la muerte de su madre.

–¿No tienes ninguna amiga que pueda acogerte en su casa?

–No.

–Pero estabas en una asociación de chicas...

–Todo el mundo estaba en alguna. ¿Qué otra cosa se puede hacer en un internado femenino?

Por supuesto, no mencionó los bailes a los que las invitaban los chicos de la universidad. Ella odiaba aquellos acontecimientos sociales, las risas de sus compañeras mientras se arreglaban, las conversaciones centradas únicamente en el baile...

Y lo único que querían los chicos era salir con ellas a la oscuridad y besarlas. Sus besos le había parecido repulsivos. Aquellos tipos parecían hombres del Neanderthal. Aunque, por supuesto, los padres de todos aquellos neanderthales eran los hombres más ricos del país.

–Belle –le dijo Colt duramente.

–Además, la mayoría de ellas eran unas snobs. Igual que tu amiga... –se interrumpió bruscamente. Probablemente no fuera una buena idea criticar el gusto de Colt en cuestión de mujeres, cuando había ido a pedirle un favor.

–Muchas gracias. Esta misma noche pensaba pedirle matrimonio a esa mujer.

–Colt, no –replicó Belle, horrorizada y herida al pensar que Colt podía estar pensando en casarse con una mujer tan fría–. No puedes... era terrible –al ver un relámpago de furia en sus ojos, se corrigió–. Bueno, realmente no es terrible... al menos, no tanto...

Al advertir la sarcástica sonrisa de Colt, comprendió que se estaba hundiendo cada vez más en su propia torpeza.

–Pero es muy guapa –añadió.

–Sí, lo es.

–¿Estás muy enamorado de ella?

Colt abrió los ojos de par en par y después los entrecerró. Él era como una serpiente del desierto. No le gustaba tener a nadie demasiado cerca. Y su mirada podía ser suficiente para mantener a la gente a distancia.

Por supuesto, a la mayor parte de la gente no le importaban ni él ni su felicidad. Pero a Belle, sí. A pesar de lo que había sucedido cuando Colt le había dicho que no quería verla jamás, Belle nunca olvidaría que alguna vez había sido su mejor amigo.

–El amor es un juego de tontos –le informó Colt–. ¿Es que todavía no lo has aprendido?

Belle sacudió la cabeza.

–¿Y por qué razón vas a casarte con una mujer de la que no estás enamorado?

–Su padre tiene buenos contactos. Y ella es una excelente anfitriona. Formamos un buen equipo.

–¿Y por eso vas a casarte con ella? ¿Porque hacéis un buen equipo? ¿Como dos bueyes arrastrando un arado? –no podía disimular su disgusto. Me parece terrible. Colt, no te habrás convertido en un trepa como mi padre, ¿verdad?

Colt dejó la taza de café en el plato bruscamente.

–¿Hal Glamorgan un trepa? –le preguntó–. ¿De dónde has sacado esa idea?

–Me di cuenta un par de años antes de que mi madre muriera.

Las facciones de Colt se suavizaron. Siempre había admirado a la madre de Belle.

–¿Cómo lo averigüaste?

–Estaba empeñado en que mamá asistiera a bailes de beneficiencia, a óperas y a cosas de ese tipo. No estaba satisfecho con ella tal como era. Quizá no pretendía herirla, pero lo hizo. Mi madre intentaba parecerse al modelo que mi padre proponía, pero... Colt, ella era una camarera cuando mi padre la conoció y él era un simple trabajador de una compañía petrolífera.

Se quedó en silencio, recordando que su madre había muerto al regresar a casa tras una cena con la dirección de la orquesta sinfónica, con la que se había reunido para entregarles una generosa contribución de su marido. Su madre, que jamás bebía, había bebido vino aquella noche. Probablemente era esa la razón por la que no había visto la señal que advertía de la presencia del río cuando regresaba al rancho.

–A veces me gustaría que mi padre y tú no hubierais descubierto ese petróleo –continuó diciendo–. Éramos muy felices antes de ser ricos. Antes de que mi padre quisiera convertirnos en algo que no éramos. Ese es el problema de los hombres que se hacen a sí mismos –dijo lentamente, víctima de una profunda tristeza–. Creen que tienen derecho a exigírselo todo a los demás...

–Belle...

Belle lo interrumpió con un gesto.

–¿Te importa que me quede hasta mañana? Me iré mañana mismo, te lo prometo.

Colt se levantó y se acercó a ella. Estaban tan cerca que la joven podía sentir el calor que exudaba su cuerpo extendiéndose como una caricia sobre ella.

–Puedes quedarte durante todo el tiempo que necesites –le dijo Colt, posando la mano en su hombro.

Belle lo miró, y por un momento le pareció ver algo extraño en su expresión. Colt había bajado la guardia, pero rápidamente recuperó el control.

–Siempre y cuando no intentes seducirme otra vez –añadió con una sonrisa cargada de cinismo.

Belle se sonrojó ligeramente.

–Ya no soy una adolescente –contestó con dignidad–. No voy a arrojarme a tus brazos, así que no necesitas preocuparte por eso.

–Ah, Belle, así que has crecido, ¿eh? –Belle estuvo a punto de derretirse al escuchar aquel tono de broma con el que años atrás se dirigía a ella–. Pues voy a echar de menos a esa muchachuela que solía enseñarme las telarañas cubiertas de rocío y se dedicaba a buscar huevos de serpiente...

–Ya no existe, Colt. Ahora voy a convertirme en una dura mujer de negocios –ante la carcajada escéptica de Colt, añadió–: Voy a conseguirlo, Colt. Para eso he venido. Quiero que me enseñes todo lo que necesito saber. ¿Lo harás?

Colt permaneció en silencio durante tanto rato que Belle asumió que la respuesta iba a ser negativa.

–Quizá –contestó por fin.

–¿Quizá?

–Acepto si haces exactamente lo que yo te diga.

–Por supuesto que lo haré.

–No me basta con un «por supuesto». Tienes que darme tu palabra de que seguirás mis órdenes, o en caso contrario no habrá trato.

–Te doy mi palabra –replicó Belle, cruzándose de brazos y sosteniéndole la mirada.

–De acuerdo. Comenzaremos el lunes. Tienes todo el fin de semana para prepararte. Y ahora, vete a la cama.

A Belle le molestó su tono escéptico, pero no discutió. Asintió en silencio y se dirigió hacia el dormitorio. Aquella noche se fue a dormir imaginándose a sí misma como una de esas despiadadas magnates de las series de televisión. Cualquiera de aquellas mujeres le serviría como modelo.

Y Colt llegaría a sentirse orgulloso de ella.

Colt bebió otro sorbo de brandy y continuó mirando el horizonte como si la verdad pudiera aparecer de repente frente a él y hacerle alguna revelación.

Aquella noche había tenido una dura discusión con Marsha. Una verdadera sorpresa. Y tampoco le había gustado en absoluto su actitud de superioridad con Belle. Una cosa era que él se enfadara con ella, pero no le gustaba que nadie más la criticara.

Belle era lo más parecido a una familia que tenía. Sus padres lo habían acogido en el círculo familiar en cuanto se habían enterado de la muerte de sus propios padres. Colt formaba parte del equipo de Hal, que trabajaba para una importante compañía petrolífera y era entonces un joven de diecinueve años que ocultaba bajo una fachada de falso orgullo el dolor producido por el rechazo del que había sido el amor más grande de su vida, una joven que había decidido que no era suficientemente rico para ella. Lily, la madre de Belle, había sido la única persona a la que había confesado su dolor.

Bebió otro sorbo de brandy sin dejar de mirar hacia el cielo, pensando en el maldito testamento de Hal, en el que le pedía que se ocupara de Belle.

Hal temía que Belle pudiera enamorarse de alguien que fuera detrás de su dinero y había concebido todo un plan para que se casara con alguien tan rico como ella, preferiblemente hijo de una de las familias más antigüas de Texas. Como Marsha.

Marsha pertenecía a una de las familias más importantes de Texas. A pesar de sus orígenes texanos, tenía un cultivado acento del este y parecía toda una aristócrata. Y Colt tenía dinero suficiente para acceder a una mujer como ella.

Por un momento, pensó en el cinismo inherente a aquel pensamiento.

Él también había nacido en Texas, era hijo de unos pobres rancheros de El Paso. Y se preguntaba qué habría pensado su madre de una mujer como Marsha.

Jamás lo sabría. Sus padres habían muerto víctimas de un tornado. Su pequeña granja no había resistido la embestida del viento y no habían vivido lo suficiente para beneficiarse de la riqueza conseguida por su hijo.

Rió con amargura. Había advertido que Marsha raras veces hablaba con alguien que no fuera de su clase. Años atrás, seguramente habría vuelto la cabeza al verlo.

Aunque quizá estuviera siendo demasiado duro con ella. Normalmente, Marsha era una mujer dulce como un pastel, una mujer encantadora y sofisticada que miraba al mundo con altanero desdén.

No como Belle, a la que nadie le parecía un extraño y que siempre tenía un momento para escuchar los problemas de los demás.

Belle.

Había dos posibilidades. La primera, convertir a Belle en una brillante mujer de negocios, probablemente no funcionaría. Sus notas eran buenas en todas las materias, excepto en economía y todas las asignaturas relacionadas con el mundo empresarial. Superaba los cursos, pero era evidente que odiaba esas asignaturas.

La segunda, que era llevar adelante el plan de su padre de casarla con un hombre que estuviera a su nivel, le parecía la más práctica.

Colt suspiró y se reclinó en el sofá. Una ligera esencia, tan familiar para él como la salvia de Texas golpeó sus entrañas. Inhaló profundamente.

Era el aroma de Belle. Un olor dulce y silvestre como el de la hierba. Podía recordar lo que había sentido cuando tres años atrás la joven se había sentado en su regazo y le había confesado que estaba lista para el matrimonio y dispuesta a tener media docena de hijos con él.

No había en su declaración ningún tipo de timidez, simplemente la cándida declaración de que lo amaba y lo deseaba. Colt se preguntaba qué lo había desconcertado más, si su declaración o la reacción de su propio cuerpo. Una reacción muy similar a la que estaba experimentando en ese momento.

Iba a tener que controlar fuertemente su líbido. Lo último que haría en la vida sería robarle a Belle la inocencia. De eso tendría que encargarse su marido, cualquier hombre tan joven y tan enamorado de la vida como ella. Belle se merecía a alguien mucho mejor que él.

Cuando había tenido que rechazar su oferta, le había preocupado herirla, pero parecía haberlo superado estupendamente. No en vano era una dura mujer de Texas. Y tan cabezota como su padre.

Asomó a sus labios una sonrisa a pesar de su irritación. Lo único que tenía que hacer era casarla con cualquiera de los hombres más jóvenes de una de las familias más ricas de Texas.

Mmm. Marsha podría ayudarla. Si pudiera convencerla para que la ayudara con Belle, solucionaría rápidamente su problema. Aunque su intuición le decía que no era una buena idea. Aquellas dos mujeres eran incompatibles. Y Marsha había dejado muy claro que si Belle permanecía durante mucho tiempo en su vida, tendría que olvidarse de ella.

Colt intentó analizar lo que le hacía sentir aquella posibilidad, pero realmente no sentía nada. Ni vacío, ni tristeza, ni soledad... nada. Quizá fuera incapaz de sentir nada profundo por nadie.

Un recuerdo interrumpió su meditación. Era Belle,

con sólo cinco años y ya absolutamente segura de su futuro. Había escalado hasta su regazo y se había acurrucado contra él.

–Voy a casarme contigo –le había dicho–. ¿Puedo, mamá? –le había preguntado a su madre.

Lily había sonreído con delicadeza.

–Por supuesto. Colt es una gran elección. Es todo un caballero.

Colt sintió que el pecho se le tensaba, tal como le había ocurrido entonces. Lily estaba bromeando, pero al oírla, Colt se había sentido plenamente aceptado por aquella familia... Eso era lo que más echaba de menos todavía, una familia. Y esa era la razón por la que estaba pensando en casarse.

Quizá fuera preferible que no hubiera podido hacer la propuesta de matrimonio aquella noche. Iba a cumplir treinta y cuatro años en mayo, faltaba para entonces menos de un mes. Al cabo de un año, tendría ya treinta y cinco. No podía decirse que fuera viejo, pero...

Pensaba que había llegado ya el momento de casarse y sentar cabeza. Y Marsha le había parecido una buena elección.

Realmente, lo había sorprendido cuando nada más llegar a casa le había agarrado por la corbata y sin encender siquiera la luz lo había arrastrado hasta el sofá. Muchas mujeres se habían comportado de ese modo con él desde que se había hecho millonario, pero Marsha le había parecido más refinada. De hecho, la primera vez que la había besado lo había hecho casi con miedo.

Aquella noche Colt tenía planeado decirle que se casara con él y después hacer el amor con ella.

Sin embargo, había pensado revisar sus planes cuando la había visto tan agresiva. Así que había decidido hacer primero el amor con ella y pedirle después que se casara con él. El orden nunca le había parecido algo especialmente importante. Tampoco era un hombre especialmente romántico, de modo que la sortija y la declaración podrían esperar.

Pero Belle había interrumpido todos sus planes.

Colt se terminó el brandy y pensó de nuevo en la idea de Belle. ¿Convertirla en una mujer de negocios? ¡Ja! Sólo había estado de acuerdo en que se quedara para poder casarla.

De pronto, se sintió culpable. Belle era una idealista. Creía en el amor, y en la felicidad que proporcionaba. Odiaría casarse con alguien por motivos puramente materiales.

Pero para ella era lo mejor. Colt se aseguraría de encontrar un hombre capaz de hacerle feliz. Un hombre rico, íntegro y caballeroso. Un hombre que antepusiera el bienestar de Belle al suyo, un hombre que fuera un marido cariñoso para ella y un padre atento para sus hijos. Eso era lo que quería para Belle.

Se dirigió a su estudio y preparó una lista de candidatos, recordándose la promesa que le había hecho a Hal.

Sí, lo mejor sería que Belle se casara. Podría contar así con alguien que se ocupara de sus negocios y ella podría dedicarse a la casa y a los niños.

Y él mismo podría vivir definitivamente su propia vida.

Capítulo 2

BELLE cantaba *La Rosa Amarilla de Texas* mientras se duchaba. Estaba tan boyante como el primer día de la primavera.

Se detuvo a pensar durante un instante en aquel estallido de felicidad y se encogió de hombros. Para Belle no tenía ningún sentido pasarse la vida analizándolo todo. Le bastaba con estar viva y gozar de buena salud. Todo lo demás era un regalo.

Se envolvió en una toalla, recogió con otra su pelo empapado y abrió la puerta del baño.

Canturreando, salió por el pasillo con los pies descalzos, sintiéndose capaz de saltar hasta el cielo.

Como si quisiera demostrarlo, saltó y juntó los tobillos en el aire, un ejercicio de gimnasia que hacía mucho tiempo que no practicaba. Caramba, todavía era capaz de hacerlo.

Agarró la toalla, que estuvo a punto de caérsele y la sujetó con el brazo. Al oír algo detrás de ella, giró y se encontró con el ceño fruncido de su anfitrión. Le brindó una sonrisa radiante, decidida a no dejarse afectar ni por su semblante hostil ni por los erráticos latidos de su propio corazón ante la fría mirada de Colt.

–Colt, buenos días –lo miró atentamente–. Parece que has dormido vestido.

Colt tenía la ropa completamente arrugada y una sombra de barba oscurecía su rostro, dándole un aspecto de completo descuido.

–Y lo he hecho –contestó, frotándose la barba–. Me he quedado dormido en el sofá.

Belle soltó una carcajada.

–Lo hacías muchas veces cuando venías a casa. Mi madre me hacía taparte con una manta y me decía que te dejara dormir. Pero tú lo hacías a propósito, para poder comer sus galletas por la mañana –eso le dio una idea–. Yo haré el desayuno esta mañana, ¿qué te apetece?

–No te molestes –le indicó Colt en un tono glacial–. Será mejor que te vistas. Hoy tenemos muchas cosas que hacer.

Aplacando su jovialidad en deferencia a su mal humor, Belle se metió en su habitación. Después de ponerse unos vaqueros y una camiseta naranja con un cactus en el frente, se recogió el pelo y se dirigió a la cocina.

Al pasar por la puerta del dormitorio de Colt, oyó el sonido de la ducha. Eso le daría algún tiempo.

Preparó rápidamente una bandeja de galletas y la metió en el horno, mientras freía unas salchichas y cocía unos huevos. Colt entró en la cocina justo en el momento en el que estaba terminando sus tareas.

Al oír la señal del horno y ver a Belle sacando las galletas, frunció el ceño.

–¡Sorpresa! –canturréo la joven, dirigiéndole una radiante sonrisa.

–Esto no era necesario –replicó él mientras se sentaba. Todo su cuerpo irradiaba tensión.

Pero en realidad no estaba enfadado con ella. Simplemente estaba desconcertado por todo lo que estaba ocurriendo.

Belle se sentó a la mesa y desayunaron en silencio.

–Creo –dijo Belle cuando terminaron–, que será mejor que busque un trabajo y un apartamento en el que vivir.

Colt le mostró con un bufido burlón su opinión al respecto.

–¿En qué podrías trabajar?

–No lo sé, todavía no lo he pensado.

–¿Sabes mecanografiar? –la interrumpió Colt.

–Por supuesto. Además, he recibido clases de informática. Puedo trabajar de secretaria.

–No es un trabajo excesivamente bien remunerado.

–Por lo menos es un trabajo decente. También puedo trabajar de camarera. A eso se dedicaba mi madre cuando conoció a mi padre.

–¿Qué te han enseñado a hacer en esa universidad a la que vas? –le preguntó, mirándola fríamente.

Belle se retorció incómoda en su asiento. Se sentía como si estuviera en una entrevista de trabajo.

–Bueno, es una universidad muy liberal.

–¿Y eso qué significa?

–Pues que estudiamos cosas muy diversas, como las grandes religiones del mundo... Literatura, historia...

–¿Y no estudias ninguna asignatura relacionada con el mundo de los negocios?

–Bueno, sí..., pero... la verdad es que no he aprendido mucho.

–Exacto.

Belle se cruzó de brazos y lo miró fijamente.

–Tú no has estudiado. Y tampoco lo hizo mi padre.

–Nosotros aprendimos en la dura escuela de la vida.

–Por favor, no estoy dispuesta a soportar más charlas sobre lo duro que era ir a la escuela caminando sobre la nieve con los pies descalzos. Creo que ya he escuchado todas las variaciones posibles sobre el tema.

–De acuerdo. Empezaremos entonces asumiendo que en la universidad no has aprendido nada sobre el funcionamiento de una empresa.

–Me parece bien –le dirigió una radiante sonrisa, que no consiguió aplacar la hostilidad de Colt.

–En primer lugar, esa camiseta es espantosa.

Belle miró desolada su camiseta.

–¿Qué tiene de malo?

Colt ignoró su pregunta y miró el reloj.

–Tenenos una cita a las diez con tu estilista personal.

–¿Con quién?

–Con alguien que te ayudará a reunir un guardarropa

apropiado para una mujer de negocios. No puedo permitir que vayas a la oficina vestida de esa forma.

–Pero si hoy es sábado.

–¿Nunca has oído decir que el tiempo es dinero?

–Odio el dinero.

–Porque ya no te acuerdas de lo que es vivir sin él.

–Recuerdo perfectamente lo que era ser feliz –replicó. Sentía la desaprobación de Colt cerniéndose sobre ella. Colt, que durante mucho tiempo había sido su mejor amigo.

Pero que ya nunca volvería a serlo. Nunca más. Y esa era la primera lección que no debía olvidar.

–Pobrecita –dijo Colt con una sonrisa burlona,

Belle apretó los labios y se enderezó en su asiento.

–¿Vas a enseñarme a llevar una empresa o no?

Colt se quedó mirándola fijamente, con una expresión tan dura que Belle comenzó a sudar.

–Sí, y la primera lección es cómo aprender a vestirse para el éxito. Procura estar lista para que salgamos de casa a las diez menos cuarto –se sirvió una taza de café y se dirigió a su estudio.

Belle suspiró aliviada. Posiblemente Colt no tuviera ningún interés en ayudarla, pero era un hombre de palabra. La ayudaría a aprender todo lo que necesitaba saber y cuando terminaran el período de formación, prodía ocuparse ella sola de su parte del negocio.

Intentó imaginarse cómo sería entonces su vida, pero no se le ocurría nada. Realmente, la etapa de su vida que más le había gustado había sido la que había pasado en el rancho, creciendo entre niños, caballos y ganado. Había sido muy feliz mientras vivía en el rancho. Antes de que su madre muriera. Antes de que su padre hubiera decidido que odiaba ese lugar.

Sin embargo, la vida no sólo consistía en ser feliz. Había llegado el momento de encontrar su lugar en un mundo cruel y despiadado. Quizá, al igual que Romeo y Julieta, ella también terminara encontrando su propio nicho.

Tarareando *Un Lugar para los Dos*, fue a secarse el pelo y a prepararse para su primera lección bajo la tutela de Colt.

—He visto la sortija.

La sorpresa consiguió abrirse paso entre el mal humor de Colt, que miró a su invitada con los ojos abiertos como platos.

—¿Qué has dicho?

—Había una cajita escondida debajo de una planta, en la mesita del café. He curioseado su contenido mientras estaba esperándote hace unos minutos. Es una diamante bastante grande. A Marsha le va a encantar, aunque probablemente preferiría algo más grande.

—Esa piedra tiene tres quilates, pequeña.

—Ya, pero estoy segura de que a Marsha le gustaría algo más grande, algo que combinara mejor con su sonrisa de hiena.

—Sólo la has visto una vez, y no en las mejores circunstancias, y ya crees que la conoces —le dirigió una sonrisa cargada de cinismo, diciéndole así lo poco que le importaba su opinión.

Belle suspiró pesadamente, agraviada por lo injusto de sus palabras.

—Sabes que tengo una capacidad excelente para juzgar a las personas. ¿Recuerdas cuando mi padre contrató a ese hombre que resultó ser un ladrón?

—Ajá, lo catalogaste rápidamente porque no te gustaban tus ojos.

—Formaba parte de una banda de ladrones de ganado. Buscaban trabajo en diferentes ranchos de la zona y robaban cientos de cabezas de ganado. Yo fui la única que los siguió y descubrió su escondite.

Colt recordaba perfectamente el ataque de furia que había sufrido, cuando Belle había regresado con aquella información, sonrojada por su triunfo y por el agotamiento de haber estado cabalgando durante horas. No parecía consciente del peligro que había corrido al enfrentarse, con solo trece años, a toda una banda de delincuentes.

–Esa fue una de las locuras más grandes que has hecho en tu vida.

Belle se sonrojó violentamente, pero, para sorpresa de Colt, no discutió. En vez de eso, se quedó mirándolo atentamente durante unos instantes y a continuación desvió la mirada.

Hasta que no estuvieron en el coche, no volvió a dirigirle la palabra.

–Te has olvidado de recoger la sortija, y supongo que la vas a necesitar a la hora de la comida –le dijo. Abrió su bolso y le tendió la cajita forrada de terciopelo.

Colt la metió bruscamente en la guantera.

–Es una sortija demasiado cara para que la dejes en cualquier parte

–La guardaré como es debido en cuanto llegue a la oficina.

–¿No vas a regalársela hoy?

–No, hoy no.

–Estupendo.

–No sé por qué pareces tan aliviada.

–No vas a ser feliz casándote con ella –replicó con el ceño ligeramente fruncido.

Nadie se había preocupado por Colt desde hacía años, nadie, desde la muerte de Lily. Y la preocupación de Belle le provocó cierto desasosiego, como un extraño temblor en el pecho. Sin embargo, el verla tan segura de que estaba cometiendo un error lo irritaba profundamente.

–¿Te he pedido acaso que seas mi consejera matrimonial?

Belle le sonrió. Y Colt se fijó entonces en los hoyuelos que surgían en las comisuras de sus labios. Tenía una boca muy sexy, una boca lujuriosa, llena, madura, una boca para ser besada...

La conciencia lo sacudió violentamente, haciéndolo

volver a la realidad. Aparcó el coche y miró el reloj. Eran las diez en punto.

–La mujer con la que te he citado se llama Kelley. ¿Tienes dinero suficiente para comer y regresar en taxi a casa?

–Sí.

–Enséñamelo.

Belle buscó en su bolso y sacó dos billetes de veinte dólares. Colt asintió. La joven salió entonces del coche y subió las escaleras que conducían a la cadena de boutiques que Colt le había indicado.

Mientras observaba la suave cadencia de sus caderas al caminar, Colt experimentó una nueva oleada de sentimientos. Fue algo tan rápido que no fue siquiera capaz de identificarlo, pero había algo que había detectado sin ninguna dificultad. Su cuerpo estaba tenso y en alerta, de una forma que no debería estar. Una imagen de Belle en camisón, y otra de la joven envuelta en una toalla al salir de la ducha, irrumpieron en su mente.

Se frotó la cara con impaciencia y sacudió la cabeza, impresionado por sus propias reacciones.

Aquella jovencita había crecido muy rápido.

–¿Hola? ¿Hay alguien aquí? –Belle permanecía en el centro de un pequeño, pero elegante despacho, mirando sin saber qué hacer hacia una puerta cerrada. Quizá debería llamar, se dijo.

–¡Espere un minuto! –le contestaron en ese momento.

Belle se relajó y se sentó en una de las sillas del estudio. Estiró las piernas y bostezó. Después de su largo viaje y de los acontecimientos de la noche, estaba todavía cansada. En ese momento, su vestuario era lo último que le interesaba. Además, no veía nada malo en sus vaqueros. No le habría importado ir al trabajo con ellos.

Sin embargo, nadie se preocupaba nunca por su opinión.

Pero no, no debía dejarse llevar por la sensiblería. Aquel

era el primer día de su nueva vida, comenzaba a convertirse en una persona diferente, en una mujer dura y fría.

Cuando la puerta se abrió, se enderezó en la silla y se cruzó de piernas.

Y descubrió sobre ella unos bonitos ojos castaños, enormes como los de una gacela. La mujer, Kelley Mosher según el letrero que tenía encima del escritorio, le dirigió una sonrisa educada y profesional y pestañeó varias veces. Era una mujer pequeña, más baja que Belle y de aspecto delicado. Llevaba el pelo, una abundante melena castaña, recogido en lo alto de la cabeza. Debía de andar cerca de los treinta años.

—Buenos días, usted debe de ser la señorita Glamorgan —la saludó con una suave voz de contralto.

—Belle. ¿Tú eres Kelley? —preguntó mientras la otra mujer le estrechaba la mano.

—Sí. Y creo que podríamos empezar hablando de tu guardarropa —dijo Kelley, deslizando sus hermosos ojos sobre ella.

—Debería felicitarte —contestó Belle entre risas—. Has sido capaz de decirlo sin sonreír siquiera. Se estiró la camiseta—. Algunos dependientes se han desmayado al verme entrar en una tienda.

Kelly respondió con una carcajada.

—Para mí sólo representas un desafío. El señor McKinnon me ha comentado que necesitas un vestuario apropiado para el trabajo. Supongo que vas a ocupar algún puesto en una oficina.

—Algo así... Yo... bueno, me van a enseñar a dirigir una empresa —le sonaba maravillosamente bien.

Aunque no fue capaz de disimular completamente su sorpresa, Kelley asintió muy seriamente. Le sirvió una taza de café y comenzaron a hablar de su guardarropa.

Con bolígrafo y libreta en mano, le preguntó:

—¿Cuántos trajes tienes? Necesito saber el color, el tipo de tela y la forma.

—Humm... bueno, la verdad es que ninguno.

—¿No tienes ningún traje? ¿Y chaquetas?

–Tengo una chaqueta de ante, un anorak para esquiar y una trenca. Ah, y una chaqueta de *tweed* con coderas de cuero.

–¿Eso es todo?

–Sí... bueno, tengo un par de chaquetas de chándal...

–¿Y conjuntos? Vestidos, chales...

–Nada.

–¿Faldas?

–Oh, sí. Tengo dos faldas para bailar. Aunque la verdad es que no me las pongo desde hace tres o cuatro años. Ah, y también una falda vaquera que me pongo cuando salgo a cenar –Belle advirtió el brillo de desesperación que apareció en los ojos de Kelley–. También tengo un conjunto para ir a las fiestas. Son unos pantalones negros con una blusa también negra y con bordados dorados.

–¿Y zapatos?

–Casi siempre voy con sandalias o deportivos. Y también tengo un par de botas.

–Supongo que para ponértelas con la falda vaquera cuando sales a cenar.

–Exacto.

–Señorita Glamorgan..

–Belle.

–Belle –Kelley jugueteaba nerviosa con el bolígrafo–. No quiero herir tus sentimientos.

–Te lo agradezco, porque a nadie parece importarle lo más mínimo –pensó en la frialdad de Colt y en la acritud de su amiga.

–Creo que necesitas un guardarropa completo.

–Lo sé. Ya he aceptado que no puedo ir vestida de esta forma a la oficina. Colt me lo ha dejado muy claro.

–Esos vaqueros, con la chaqueta de tweed y una camisa podrían estar muy bien para salir de manera informal, con un pañuelo colorido al cuello, quizá.

–Los pañuelos siempre me recuerdan a los hombres maduros intentando parecer más jóvenes de lo que son.

Kelley la miró en silencio durante un largo minuto.

–¿Te importaría levantarte un momento?

Belle se levantó de un salto y Kelley la rodeó lentemente.

–Tienes una figura prácticamente perfecta.

Belle arrugó la nariz y se miró en el espejo.

–Bueno, por lo menos no estoy tan flaca como hace un par de años.

–No estás delgada, lo que ocurre es que tienes una estructura ósea muy angulosa. Eso te permitirá ganar peso sin llegar a estar nunca gorda.

–Gracias. Porque supongo que eso será un piropo.

–Tienes que llevar joyas de tonos transparentes: rubís, esmeraldas, ámbar. Para empezar, te compraremos un par de faldas. Y sé de un vestido que te quedará perfectamente.

En cuestión de minutos, comenzaron a llegar los dependientes, cada uno de ellos llevando un tipo de ropa. Y Belle no tardó en empezar a disfrutar de aquella situación y terminó yéndose a casa tan cargada de paquetes que el portero tuvo que abrirle la puerta para que pudiera meterse en el ascensor.

–Gracias, señor Cheaver –le dijo, mientras metía la tarjeta en la ranura que le permitiría subir al apartamento de Colt–. ¿Qué tal está su hija? –se acordó de preguntar.

Cuatro años atrás, el portero le había confiado que a su hija no le iban bien los estudios. Su consejero de estudios había pensado que la joven no era suficientemente brillante para continuar estudiando. Belle le había pedido a Colt que intercediera por ella. Gracias a la intervención de Colt, se había descubierto que la joven tenía ciertos problemas de dislexia.

–Estupendamente. Se graduó y ha conseguido trabajo en un banco. Está asistiendo además a cursos de economía.

–Es maravilloso.

–No le gusta mucho su jefe y le gustaría montarse un negocio propio. La verdad es que no sé de dónde saca esas ideas –sacudió la cabeza y volvió a su mesa.

Belle sonrió, pero su sonrisa iba dirigida a aquella joven. A los hombres se les animaba a ser valerosos e independientes, pero las mujeres no tenían tanta suerte. Las puertas del ascensor se cerraron. Belle estaba deseando llegar al ático. Apenas podía esperar a mostrarle a Colt su nuevo aspecto. Kelley la había ayudado a encontrar un estilo sofisticado e informal que encajaba perfectamente con su personalidad.

–¿Belle? –Colt empujó la puerta con el hombro. Llevaba una bolsa de comida china en cada mano.
–Entra. Y cierra los ojos.
Colt resopló furioso y se dirigió a la cocina. Sin cerrar los ojos, dejó la comida en la mesa y sacó los platos y los cubiertos. Preparó un té verde, pues sabía que a Belle le gustaba, y abrió una botella de vino rosado.
–¿Tienes los ojos cerrados? –le preguntó Belle, asomando la cabeza por la puerta.
Colt elevó los ojos al cielo.
–De acuerdo, cerraré los ojos.
–¡Tachán! –entró en la cocina–. Ya puedes abrirlos.
Colt tuvo que pestañear varias veces. Tenía frente a él a una desconocida con un vestido color rubí. La tela se cruzaba elegantemente sobre sus senos. Un cinturón negro ceñía su cintura, llamando la atención sobre la perfección de su figura. Unos sencillos pendientes de oro y una cadena del mismo metal eran las únicas joyas que llevaba. Y junto con su nuevo corte de pelo, corto por delante, pero largo por detrás, Belle parecía una modelo a punto de iniciar una sesión fotográfica.
–Y mira esto.
Desapareció y regresó al momento. Se había cambiado los zapatos de tacón por unos mocasines y una chaqueta de color negro, gris y ámbar, con algunos hilos rojos y azules cubría sus hombros. Parecía lista para pasar un fin de semana en una casa solariega.
–Yo he comprado la cena –comentó Colt, incapaz de pensar en nada que decir.

–De acuerdo. Te enseñaré todo lo demás cuando terminemos de comer. Kelley es magnífica –la voz de Belle se desvanecía mientras se dirigía a su habitación. Al cabo de un minuto, apareció de nuevo en la cocina con un chándal gris.

Colt se sirvió comida de uno de los recipientes y se lo tendió de nuevo a Belle, que había recuperado su aspecto habitual. Por un momento, se había convertido en una persona desconocida. Le había recordado a esas jóvenes de las películas que se iban un buen día de casa y volvían convertidas en sofisticadas modelos o cosas parecidas. Casi había conseguido ponerlo nervioso.

Y la verdad era que hasta entonces no se había fijado en la estrechez de su cintura. Ni en que sus senos estuvieran tan bien formados. Realmente, no iba a tener ningún problema para encontrarle marido.

–Así que te ha gustado Kelley –le comentó.

–Sí, es maravillosa. ¿Pero no te parece terrible que sus parientes lleven tanto tiempo enemistados con sus vecinos?

–Ni siquiera lo sabía –tomó un par de palillos y con movimientos de experto se llevó un trozo de carne a la boca.

–Me ha estado hablando sobre ello durante la comida. Aunque claro, no me lo ha contado todo. ¿Cómo conociste a Kelley?

–En realidad no la conocía. Fue Marsha la que me sugirió que te pusiera en contacto con ella. Fue su asesora en otra época y pensó que podría venirte bien a ti.

Belle arrugó la nariz.

–Estoy seguro de que no te habría gustado si hubieras sabido que me la había recomendado Marsha. Jamás te había considerado una persona estrecha de miras, Belle, y tampoco sabía que estabas tan cargada de prejuicios.

–¿Todavía tienes la sortija?

Colt frunció el ceño al ver que ignoraba sus comentarios y sacaba la sortija a colación.

–Sí.

Belle suspiró aliviada.

–Marsha es una hiena. Y va detrás de tu dinero.

–Eso es ridículo. Su padre es uno de los hombres más influyentes Texas. Fue a la universidad con el gobernador.

–Pues yo digo que ella está buscando su oportunidad dorada, y que tú eres un objetivo ideal.

Colt la miró con el ceño fruncido.

–¿Temes que tenga razón? –preguntó Belle–. Ya sabes que soy muy buena catalogando a las personas.

–Sí, no dejas de repetirlo desde hace años. Pero esta vez te equivocas –sonrió–. ¿Estás celosa, Belle?

–Sí. Ya que no te vas a casar conmigo, me gustaría que lo hicieras con una persona decente.

Colt se atragantó con un trozo de cerdo agridulce y murmuró algo bastante obsceno. Belle sonrió divertida.

–Eres toda una amenaza –le reprochó Colt.

–Tú también. Por cierto, llevas el pelo muy corto. Es un corte muy estiloso, sí, pero a mí me gustaba más antes, tenías un aspecto más salvaje y peligroso.

–A Marsha le parecía demasiado descuidado. No le gustaba.

–Sí, muy propio de ella.

–Me parece absurdo que continúes fomentando esos prejuicios infantiles. Creo que podrías aprender unas cuantas cosas de Marsha.

–¿Acaso no he conseguido apabullarte con mi aspecto sofisticado? Apenas podías apartar los ojos de ese vestido rojo, ¿verdad, Colt? –y soltó una carcajada.

Colt sintió que se sonrojaba.

–Has hablado como una auténtica dama –replicó fríamente.

–¿Acaso tengo que comportarme contigo como una auténtica dama? –preguntó ella en un tono extrañamente triste. Subió los pies a la silla y lo miró mientras comenzaba a servirse el arroz.

Colt recordó entonces la toalla deslizándose por la espalda de Belle. Y se imaginó aquellas piernas interminables a su alrededor. Y sintió que un sudor frío cubría su rostro.

–Sí. Una dama siempre es una dama –tomó un trozo de cerdo, se lo llevó a la boca y lo masticó con enfado.

Belle asintió.

–Tengo un problema, Un problema ético. ¿Crees que está bien que cargue la cuenta de mi vestuario a la empresa? Va a ser astronómica. Yo no tengo dinero suficiente para pagarla, pero Kelley dice que es lo mínimo que necesito para empezar –le aseguró.

–Tienes una beca para vestuario...

–Sólo si continúo estudiando.

–En cualquier caso, yo estoy de acuerdo en correr con el gasto. Ya repondrás el dinero cuando comiences a cobrar un salario.

–Pero para eso todavía faltan años.

–La compañía te pagará desde que empieces a trabajar el lunes. La próxima semana recibirás tu sueldo. ¿Necesitas un adelanto?

–¿De verdad me van a pagar? ¿Por aprender a llevar una empresa?

Sonreía casi involuntariamente. Y sus ojos brillaban como el ámbar. Era evidente que no se le había pasado por la cabeza la posibilidad de recibir un salario.

Colt se alegró de haber pensado en ello. Belle había vivido de las becas desde siempre, teniendo que preocuparse de hasta el último centavo que se gastaba por instrucciones de Hal. Su padre quería que fuera consciente del valor del dinero. Pero todas esas restricciones desaparecerían el día que cumpliera veintiún años.

Colt la observó probar la comida de una de las cajas. Quizá pudiera encontrar una solución para los problemas de Belle antes de lo que pensaba. Uno de los candidatos de la lista de posibles maridos para Belle vivía al lado del rancho que se había comprado dos meses atrás para poder salir de la ciudad más a menudo. Organizaría una fiesta y le presentaría a Belle a la gente joven del lugar.

Después, lo único que tenía que hacer era dejar que la naturaleza siguiera su curso.

Capítulo 3

BELLE se estiró con cansancio y se sacudió el polvo de la falda.

–¿Ya has terminado? –preguntó Colt, asomándose por la puerta del almacén.

–Sí –contestó ella en medio de un bostezo, cerró el archivo y salió corriendo tras él. Había sido relegada a revisar los archivos con documentación antigua y debía tirar todos aquellos documentos que tuvieran más de siete años.

Al principio le había molestado que le encomendaran un trabajo de tan poca importancia, pero su interés se había multiplicado en cuanto había comenzado a leer los informes y la correspondencia archivada. Durante aquella semana había aprendido, entre otras cosas, que su padre se dedicaba principalmente a jugar al póker con sus amigotes mientras Colt se ocupaba de atender todo lo relacionado con la compañía.

Cuando le había hecho un comentario sobre ello a Colt, la noche anterior, éste la había precavido sobre los peligros de creer en lo que parecía evidente. Su padre, le había explicado, le había enseñado todo lo que él sabía sobre el mundo de los negocios.

–¿Y qué me dices de la inversión en bolsa y de los oleoductos que tú compraste? –le había preguntado ella.

–¿Qué otra cosa podíamos hacer con tanto dinero? –había respondido él.

Belle pensó en todas las cosas en las que podía haber invertido aquel dinero, como por ejemplo, en diamates de tres quilates para la hiena. Se metió en el cuarto de baño para quitarse la mugre de las manos. Jamás se habría podido imaginar que un trabajo de oficina pudiera ser tan sucio.

Y ni siquiera había tenido oportunidad de lucir ante nadie su nuevo vestuario. Aquel día llevaba una falda a cuadros de color rojo, gris y ámbar y un jersey rojo a juego. Kelley le había dicho que aquel era el color que más la favorecía. Llevaba también unos zapatos grises tipo mocasín con algo de tacón.

Cuando se reunió con Colt en su despacho, lo encontró preparado para marcharse y subió con él en el ascensor del enorme edificio en el que Gulfco Enterprises tenía su propio piso. Belle había aprendido ya que Gulfco Enterprises se había convertido en un holding empresarial. Cada una de sus empresas funcionaba de forma independiente y Colt actuaba como supervisor de todas sus operaciones.

Durante el corto trayecto en ascensor, Belle era intensamente consciente de él; era como si su piel se sensibilizara en su presencia. Pero las sensaciones que en ella despertaba eran contradictorias.

Por una parte, deseaba inclinarse contra él, abrazarlo y dejar que sus cuerpos se fundieran de la forma más íntima posible. Aunque por otra, quería independizarse de él, hacer su propia vida y no necesitarlo.

—Creo que sería mejor que intentara encontrar un lugar para vivir —dijo al cabo de un rato, cuando el silencio comenzó a parecerle insoportable— Con mi salario, que te agradezco mucho, y el dinero que tengo ahorrado, creo que podría alquilar un apartamento. Quizá busque algo este fin de semana.

—Había pensado que podíamos ir al rancho. Tengo una cena mañana por la noche.

—No iremos... —se le quebró la voz y tragó saliva para intentar vencer las lágrimas.

—No, no vamos a ir a tu antigua casa. He comprado un rancho cerca de aquí. Tengo algunos vecinos con los que me gustaría comenzar a romper el hielo. Creo que te puede apetecer conocerlos. Pero, por supuesto, si estás demasiado ocupada....

–Claro que no –respondió Belle inmediatamente, y no pudo menos que preguntarse si la sonrisa que apenas asomaba a los labios de Colt se debía a su respuesta. Tenía la sensación de que estaba siendo manipulada–. ¿De verdad tienes un rancho?

–Sí. Me he comprado un rancho, Belle.

–¿Y es muy grande?

–Sólo tiene quinientos acres y cerca de doscientas cabezas de ganado.

–¿Y tienes también una casa?

–Sí. La antigua casa del rancho se quemó, y los propietarios construyeron una nueva hace unos cuatro años.

–Espero que pusieran tejado de zinc. Suena maravilloso cuando llueve, especialmente por las noches, cuando estás acurrucada escuchando la lluvia en la cama. Adoro ese sonido.

–Pues sí, tiene tejado de zinc –la miró con los ojos entrecerrados, pero era imposible adivinar lo que esperaba por su expresión.

La mente de Belle se llenó de imágenes de ranchos, caballos, niños... ¿y Colt?

No, era inútil pensar en Colt. Colt no era para ella.

Se obligó a abandonar aquel peligroso espacio en el que los sueños de la infancia chocaban frontalmente con la realidad. Ya había aprendido la lección hacía años. Colt no la quería en su vida.

Nada más llegar al ático, la joven se puso los vaqueros, las botas y una camiseta roja. Cuando Colt se detuvo en la puerta de su habitación, Belle ya estaba pensando nerviosa en lo que se iba a llevar al rancho.

–Podrías llevar el traje rojo para la cena de mañana –le sugirió–. El resto del tiempo puedes ir en vaqueros. Y llévate también una buena cazadora. He pensado que podríamos montar a caballo.

–Estupendo –rápidamente, se preparó un maletín con todo lo necesario para el fin de semana.

Colt condujo hacia el sudoeste de Dallas y en menos de una hora habían dejado la autopista para tomar una carretera secundaria. Al cabo de quince minutos, giró hacia un camino empedrado y cinco minutos después ya había dejado el coche en un garaje situado al lado de una casa de dos pisos de ladrillo y estuco.

–Muy bonita –comentó Belle.

Colt musitó algo que podría haber sido tanto una réplica como un gruñido y la condujo al interior. En el primer piso estaban el cuarto de estar y el comedor, que daban ambos a la cocina. Los techos eran muy altos, pero no así las paredes que dividían las habitaciones, que no llegaban hasta arriba, proporcionando una agradable sensación de espacio y comodidad. Una enorme chimenea dominaba el salón. En el primer piso había también un bonito estudio.

Colt la acomodó en uno de los tres dormitorios del piso de arriba, que al igual que los otros dos contaba con una vista magnífica. La habitación de Belle estaba decorada con amapolas doradas con brillates tonos rojizos y tenía un saloncito con una mesa y un par de sillas.

–Me encanta –le dijo Belle y se asomó a la ventana para disfrutar del pasiaje.

Cuando volvió de nuevo la cabeza, encontró vacía la habitación y su entusiasmada sonrisa desapareció.

Se sentó entonces en una de las sillas, decidida a aprovechar su privilegiada atalaya. Estaba oscureciendo, el sol desaparecía tiñendo el cielo de todas las gamas posibles de colores cálidos, desde el rojo más intenso hasta el malva más azulado.

Belle sintió que el corazón se le encogía en el pecho, como si estuviera llorando por todo lo que podía haber sido y nunca sería.

Qué estúpido era soñar.

La tristeza volvía a tirar de ella, como si fuera un niño insistente reclamando su atención.

Cuando su madre murió, su padre se había empeñado en enviarla a un internado en Virginia. Allí, Belle había aprendido a montar a caballo con silla inglesa, a participar en imaginarias cacerías de zorros y a servir el té de las cinco.

Y había aprendido también lo que era la soledad. Sí, al cabo de una semana ya estaba pensando en escaparse.

Pero Colt la había salvado. La llamaba todos y cada uno de los domingos por la mañana. La sorprendía con visitas todos los sábados y le enviaba guirnaldas de flores secas para que las colgara en la puerta de su habitación. Y Belle lo adoraba más que a cualquier otra persona en el mundo.

Belle se encogió en la silla e intentó contemplar su futuro. Pero nada acudía a su mente. Un espacio que antes encontraba bullendo de vida e ideas, aparecía presidido por una férrea determinación, como si fuera eso lo único que le permitía superar el día a día.

–¿Estás ya lista para bajar a cenar? –le preguntó Colt desde la escalera.

Belle salió de su ensimismamiento, pero la soledad parecía haberse enquistado en su pecho. Ya había experimentado anteriormente aquel sentimiento. Y sabía que sólo tenía que esperar para que el dolor fuera desapareciendo gradualmente.

–Ya voy.

Se reunieron con el capataz del rancho, Matt Taylor, su mujer, Ginny, y sus cuatro hijos, de edades comprendidas entre los once y los diecisiete años, para cenar bistecs a la brasa, judías y patatas fritas. La carne había sido preparada al estilo texano, muy hecha por fuera y rosada por dentro.

–¿Sabes montar? –le preguntó Jason, el más joven de los Taylor a Belle.

–Sí.

–¿Y quieres que vayamos mañana a las cascadas? –miró rápidametne a su padre para ver cómo se tomaba aquella propuesta. El capataz sonrió y no puso ninguna objeción.

Belle le dirigió entonces a Colt una mirada interrogante. No sabía cuál era el horario de actividades previstas.

–Siempre y cuando eso no te impida cumplir mañana por la noche con el papel de anfitriona –le contestó con una irónica sonrisa.

–Parece interesante –le contestó Belle a Jason y se sonrieron el uno al otro con expresión de complicidad.

–Yo también iré –sugirió John, el mayor de los hermanos.

–Tú tienes que ir a comprobar el estado de las cercas –repuso Matt–. Cuando lo hayas hecho, podrás dedicarte a revolotear alrededor de todas las chicas que quieras.

A John se le pusieron las orejas rojas como la grana. Belle vio que el resto de los hermanos sonreía ante la incomodidad del mayor y decidió cambiar rápidamente de tema.

–La carne está deliciosa. Hace años que no disfrutaba de una verdadera comida texana.

Después de cenar, estuvo ayudando a la señora Taylor a recoger la mesa y fregar los cacharros, y regresó después a la casa del rancho. Colt había desaparecido con el capataz para ir a revisar las labores que había que realizar durante la primavera, así que la joven se entretuvo viendo la televisión. A las once, se fue a la cama. Colt todavía no había regresado cuando consiguió quedarse dormida.

–Corre –gritó Jason, y azuzó a su caballo.

Animada por su espíritu, Belle puso también a cabalgar a su montura. Pronto estuvieron ambos galopando a toda velocidad por medio de la pradera. El ganado se dispersaba ante ellos al ver interrumpido su plácido descanso.

El sol brillaba con fuerza, y el aire era fresco. Y como le ocurría siempre que estaba aire libre, Belle sintió que su espíritu revivía. Volvía a tener la sensación de que podía conquistar el mundo. ¿Cómo era posible que la gente se pasara la vida encerrada en una oficina? No le extrañaba que hubiera tantos locos en el planeta.

–Hagamos una carrera desde aquí hasta aquel roble que está casi al borde del río –la retó Jason cuando la alcanzó.

–Venga. Contaré hasta tres. Uno, dos y tres –riendo, salió a toda velocidad, con Jason pisándole los talones.

En cuanto pasaron el roble, disminuyeron la velocidad de sus monturas. Descabalgaron y dejaron que sus caballos se refrescaran en el arroyo.

Los animales bebían ruidosamente. Belle tomó un trago de agua de la cantimplora de Jason. A continuación, ambos fueron siguiendo el curso del río que discurría por un lecho rodeado de gigantescas piedras calizas.

–Allí hay una cueva –le indicó Jason, señalando hacia la cascada.

–Enséñamela.

Belle lo siguió y, codo con codo, atravesaron la barrera de espuma y agua que formaba la cascada.

Desde la distancia, Colt les observaba gatear sobre las piedras como dos jóvenes montañeros. Belle no vacilaba ante ningún obstáculo, al contrario, trepaba y saltaba valientemente siguiendo las indicaciones de Jason que estaba encantado con ella.

Colt les vio quitarse los zapatos y los calcetines. Seguramente iban a vadear el arrroyo.

Sacudiendo la cabeza al escuchar sus gritos y sus risas, cabalgó hasta el roble y se detuvo a un lado del río.

–Eh, Jason –lo llamó–. Tu madre me ha dicho que te ha llamado tu amigo Timothy. Estás invitado a pasar la noche en su casa y a ver una película. ¿Te interesa?

–¡Claro que sí!

–Entonces, ve para casa. Tu madre te va a llevar a la ciudad.

Jason agarró sus zapatos y miró a Belle preocupado.

–Yo me aseguraré de que no se pierda durante el trayecto de vuelta –le aseguró Colt.

Y en menos de cinco minutos, Jason había emprendido su camino.

Colt observó a Belle, que continuaba sentada en una roca, dejando que el sol calentara sus pies. Dejó entonces su caballo y fue caminando por las piedras hasta reunirse con ella.

—Pareces mucho más feliz que a lo largo de esta semana —le comentó, mientras se sentaba en la piedra que Jason había dejado vacante.

—Me gusta estar aquí. Has tenio suerte al encontrar un lugar como este tan cerca de la ciudad. Puedes venir todos los fines de semana —le sonrió—. Yo sería capaz de venir todas las noches.

Colt se veía atrapado por una extraña sensación. Estudiar el rostro de Belle era como verla a ella y, al mismo tiempo, estar viendo otra persona. La sombra de un pino oscurecía sus mejillas y el misterio dormitaba en su mirada. Colt la conocía, pero le resultaba a la vez desconocida.

Aquella no era Belle, la niña que lo abrazaba desesperada cuando sus padres murieron. Aunque todavía quedaba algo de esa niña en aquellos labios llenos e invitadores, en aquella trémula boca de mujer.

Colt sentía que todavía no se había convertido plenamente en mujer, pero que estaba preparada ya para ello. Estaba preparada ya para compartir su cuerpo, para entregarse a sus sueños. Belle, comprendió, estaba ya lista para enamorarse.

Un deseo duro y exigente se apoderó de él. Todo lo que tenía que hacer era extender la mano y tomar lo que quisiera.

—Será mejor que volvamos —dijo Belle en un tono de voz casi desconocido para Colt por su madurez.

El viento agitaba suavemente los mechones de pelo que cubrían el rostro de la joven. Colt se los apartó delicadamente de las mejillas y permaneció con la mano posada sobre su piel.

Belle lo miró a los ojos y abrió los suyos de par en par, como si le sorprendiera lo que había descubierto en su mirada. Y se quedó completamente en silencio.

Colt dibujó sus labios con el dedo. Estaban húmedos, tiernos, deliciosos. Sabía que debería alejarse. Pero no lo hizo. En vez de marcharse, se inclinó hacia delante y estuvo a punto de rozar su boca con los labios. Por el tacto de su dedo, sabía ya que eran tan suaves como parecían, tan lujuriosos como había imaginado.

–Qué labios tan dulces –se oyó susurrar a sí mismo, en el tono bajo y ronco que precedía al sexo. Llenó de aire sus pulmones, inhaló la fragancia que Belle emanaba y perdió completamente el sentido.

Sólo existía ya para él el deseo, aquella sorprendente necesidad que...

Su caballo relinchó en ese instante, rompiendo la magia del momento. Colt retrocedió bruscamente, justo antes de haber tomado la boca de Belle con un beso del que ambos se habrían arrepentido.

–Vamos –le dijo.

Vio la confusión y la desilusión en su mirada. Después de todo, Belle continuaba siendo joven. Todavía era posible adivinar sus sentimientos en su rostro. Pero pestañeó un par de veces y desapareció de sus ojos todo tipo de sentimiento.

–Sí –contestó mientras se ponía los calcetines y las botas–, tenemos que prepararnos para recibir a nuestros invitados.

Colt le comentó entonces que el hijo de su vecino había ido a casa a pasar el fin de semana y había llevado con él a un amigo. Cuando le dijo sus nombres, Belle hizo una mueca.

–Todd y Gary son dos de los neanderthales de la universidad. Solían ir a los bailes que se celebraban en mi colegio. No los soporto. Pero procuraré ser amable con ellos –le aseguró.

–Bueno, supongo que entonces tendré que eliminarlos –musitó, tachándolos mentalmente de su lista de posibles maridos para Belle. E ignoró intencionadamente el alivio que el disgusto de la joven le produjo.

–No puedes retirar ahora la invitación –le indicó Belle.

–De acuerdo. En ese caso, no volveré a invitarlos otra vez.

–Bien.

Colt sonrió ante la satisfacción que se desprendía de su voz. Una de las cosas buenas que tenía Belle era que siempre se sabía a qué atenerse con ella. Era incapaz de disimular sus sentimientos.

–No se lo digas –le aconsejó Belle.

–¿Que estoy viendo a Jamie? –Kelley parecía preocupada.

–Ya tienes treinta años, puedes salir con quien te apetezca. Eso no es asunto de tus padres.

–Pero mis padres odian a su familia.

–Tus padres ganaron el juicio sobre ese terreno, por el amor de Dios. Además, cuando se enteren de lo feliz que eres, se alegrarán por ti. Y probablemente se sientan aliviados al ver que no te vas a quedar soltera.

–He intentado olvidarlo, pero cuando nos encontramos aquel día, fue como... como si nunca hubiéramos estado separados. Comenzamos a hablar y no dejamos de hacerlo hasta las dos de la mañana.

A Belle le parecía una historia maravillosamente romántica. Kelley y Jamie se habían enamorado cuando estaban estudiando y habían roto su relación por culpa de la animosidad que había entre sus padres. Ahora, Jamie había sido trasladado a Dallas por motivos de trabajo y habían vuelto a encontrarse.

–Podríais fugaros juntos –le comentó Belle.

–Mi madre nunca me lo perdonaría. Quiere que me case con el vestido de novia de mi abuela.

–Bueno, entonces lo que tienes que hacer es mostrarte firme. Dile a tu familia que has conocido al hombre más maravilloso del mundo y que quieres casarte con él... ¡Espera! Diles que estás embarazada.

Kelley estuvo a punto de tirar el té en la mesa.

–La próxima vez que vayas a lanzarme una granada, avísame –le pidió.

–Mira, ya sabes cuánto se preocupan los padres por esas cosas. Estarán tan encantados de que vayas a casarte y a convertirte en una mujer respetable que recibirán a Jamie con los brazos abiertos en señal de gratitud.

La idea era tan ridícula que las dos estallaron en carcajadas.

–Es tu vida –continuó Belle más serena–. No puedes hacer sólo lo que a ellos les complazca.

–Tú también intentaste complacer a Colt yendo a la universidad y estudiando cosas que no te gustaban.

Belle suspiró.

–Eso es diferente. Quiero decir que se trata sólo de los estudios, y no de mi vida. Quizá deberíais iros a vivir juntos.

–Ya lo hemos pensado. La madre de Jamie murió el año pasado, pero su padre es tan terco como el mío –miró su reloj y se levantó–. Bueno, volvamos al trabajo. Ese traje te queda estupendamente.

Belle llevaba un traje azul que Kelley había escogido para ella, y una blusa rosa pálida.

–Gracias, mi asesora particular tiene un gusto excelente. Te la recomiendo.

Sin dejar de sonreír, Belle abandonó el restaurante y se dirigió a la oficina.

Durante aquella semana, estaba sustituyendo a una de las secretarias de Colt. Se encontraba de baja a causa de una gripe, de modo que Belle había sido ascendida desde los archivos y se dedicaba a contestar el teléfono, abrir cartas y preparar café.

Colt regresó poco después de que ella se hubiera instalado. Belle se preguntaba si habría comido con la maravillosa Marsha, pero no quería prestar atención a los celos que la invadían cuando pensaba en ello. Al igual que prefería ignorar la extraña forma en la que parecía vibrar el aire cada vez que Colt se acercaba a ella.

–Hola, ¿has disfrutado del almuerzo?

Colt le dirigió una mirada calculadora, y asintió. Había permanecido silencioso y taciturno desde el día que habían estado en el arroyo, en aquella ocasión en la que Belle había llegado a pensar que realmente iba a besarla. Por supuesto, no lo había hecho, pero ella lo había deseado con todas sus fuerzas.

–He invitado a alguna gente a cenar el viernes por la noche –le dijo–. Encarga toda la comida que podamos necesitar para veinte personas.

Belle, disimulando su sorpresa, tomó su cuaderno de notas.

–¿Te parece bien una cena buffet o prefieres entremeses?

–Entremeses, pero que sean abundantes.

–Eso está hecho.

Colt se sentó entonces en la esquina del escritorio.

–Walters es el invitado que realmente me interesa. Estoy intentando comprar una de sus compañías. Le gusta el arte primitivo y los artefactos de los pioneros.

–De acuerdo. Hablaré de la abuela Moses con él –sonrió al ver que Colt parecía preocupado por su tono de broma–. Y seré amable con él. ¿No crees que estuve impresionante con los neanderthales? ¿No te diste cuenta del interés con el que escuchaba sus aburridas historias?

–Los tenías completamente entregados. Los deslumbraste con tu vestido rojo. Prácticamente estaban compitiendo entre ellos para ver quién conseguía tu atención, como si fueran dos perros disputándose un hueso.

–Ya te dije yo que eran tontos.

–Completamente. Por cierto, ¿dónde aprendiste a hacer esas cosas con los ojos y los labios? –preguntó con inesperada rudeza.

La sonrisa de Belle se desvaneció. Colt siempre había sido su héroe. La hería que la regañara. Y todavía no conseguía averiguar qué era exactamente lo que estaba haciendo mal ante sus ojos.

–Las mujeres sabemos hacer gestos femeninos –le contestó.

Colt se acercó peligrosamente a ella con los labios apretados. Estaba enfadado.

–¿Y tú ya eres muy mujer?

–Yo... no lo sé –farfulló Belle, deseando saber de qué demonios estaba hablando.

Colt se levantó, caminó a grandes zancadas y se detuvo frente a la ventana, de espaldas a ella.

Belle se levantó a su vez y fue hasta él. Posó la mano en su hombro y le preguntó suavemente:

–¿Quieres que me vaya, Colt? Ya me he metido suficientemente en tu vida. Si no hubiera sido por mí, ahora mismo estarías felizmente comprometido.

–No, no quiero que te vayas –musitó con dureza. Se volvió hacia ella, la tomó por los hombros y la estrechó contra él–. Pero esto es condenadamente duro.

–¿El qué? –preguntó Belle mirándolo fijamente.

–Pues esta situación –replicó Colt con una risa burlona.

–Oh... ya comprendo. Echas de menos... Probablemente estabas acostumbrado a tener a Marsha y... –haciendo un esfuerzo sobrehumano, se obligó a decir–: Bueno, si quieres quedarte alguna vez en su casa, por mí no hay ningún problema. No me importa quedarme sola.

Colt soltó entonces una dura carcajada, carente por completo de humor.

–¿Cómo es posible que seas tan increíblemente ingenua? –le preguntó–. Nunca me he acostado con Marsha, así que no es ese el problema.

–Bueno, ¿y entonces cuál es?

–Yo. Y el hecho de que quiera llevarte a casa y hacer contigo todas esas cosas que posiblemente horrorizarían tu virginal sensibilidad.

Belle se sintió como si acabaran de arrojarle un cubo de agua helada. Pero el frío se transformó casi inmediatamente en un calor insoportable, era como si le estuvieran corriendo ríos de lava por las venas. Colt no podía hacer nada que pudiera horrorizarla. Al contrario, estaba perfectamente preparada para aprender todo lo que tuviera que enseñarle.

–¿Como qué? Demuéstramelo.

–No.

–Bésame.

–No –la sacudió ligeramente.

–Estoy mareada sólo de pensar en ello.

Y lo estaba. La idea de tener cualquier tipo de relación sexual con Colt le resultaba fascinante. Su mente escapaba por completo de su control. Cerró los ojos y se inclinó lentamente hacia él.

–Deja de comportarte como una adolescente enamorada –le ordenó Colt con voz glacial–. Ya hemos pasado antes por esto.

Se separó de ella, se metió en su oficina y cerró la puerta de un portazo. Belle, desolada y humillada se llevó las manos a las mejillas. ¿Acaso no le había bastado lo que había ocurrido tres años atrás para aprender la lección?

Pero aquella vez no había sido ella la única culpable. Aunque no quisiera, Colt se veía envuelto en la misma situación. Existía una atracción irresistible entre ellos.

Belle decidió sentarse antes de que le fallaran las piernas. Y hasta el último de sus nervios se sobresaltó cuando Colt abrió de pronto la puerta de su despacho.

–Y procura no hacer demasiadas interpretaciones sobre lo ocurrido –le aconsejó–. Soy un hombre, y como tal reacciono a la curiosidad de las jóvenes. No saques de esto ninguna conclusión.

–Quizá no sea yo la única que está llegando a determinadas conclusiones –le informó–. Y quizá sean tus propias conclusiones las que de verdad te están molestando.

Colt giró para meterse de nuevo en su despacho, pero de pronto se detuvo y se echó a reír.

–Tienes razón, pequeña –y sin dejar de reír, cerró la puerta.

Belle sacudió la cabeza. ¡Y eran los hombres los que se quejaban de que no comprendían a las mujeres!

Capítulo 4

BELLE probó un rollito de langosta y un canapé de paté.

–Delicioso –exclamó, chupándose los dedos mientras entraban en el salón–. Muy bonito –le dijo al encargado de la cena, un hombre mayor con un enorme mostacho y un marcado acento francés.

El hombre se apartó ligeramente de la mesa y supervisó a cierta distancia los centros de flores. Él pretendía haber puesto flores también a ambos lados de la puerta que daba al balcón, pero Belle había vetado la idea. Colt le había dado un presupuesto y ella tenía que ajustarse a él, por tentadora que le pareciera la propuesta.

Observó su reflejo en los cristales de las puertas del salón. Llevaba un modelo de cóctel: unos pantalones negros estrechos, un top de seda y una chaqueta negra con algunas hebras doradas, y temía que el color negro le hiciera demasiado delgada.

–Está usted encantadora –le dijo el encargado.

Avergonzada al haber sido sorprendida contemplando su propia imagen, Belle se sacudió una mota imaginaria de la chaqueta.

–Gracias, *monsieur* Pierre. Y el paté es el mejor que he probado en mi vida. Estoy segura de que a todo el mundo le va a encantar. Si alguien pregunta la receta, ¿está usted dispuesto a dársela?

–*Mais oui* –le aseguró él–. Por supuesto.

Belle vagaba por el ático, esperando a que Colt saliera de su estudio. Quería contar con su aprobación antes de que llegara el primer invitado. Belle quería que todo saliera perfecto, pero no porque tuviera ningún interés en la alta sociedad. Lo que quería era demostrarle a todo el mundo, incluyendo a Colt, que podía ser una anfitriona perfecta.

–¿Has comprobado el armario de las bebidas? A Henry le gusta tomar un whisky después de cenar. Creo que tengo alguna botella sin abrir.

Colt cruzó la alfombra y revisó el armario de las bebidas. Al verlo, a Belle se le aceleró el pulso. Estaba increíblemente atractivo con un traje negro, una camisa blanca y una corbata de seda negra. La única nota de color en su atuendo era el pañuelo rojo que asomaba en su bolsillo.

Tenía un aspecto misterioso. Peligroso. Encantador.

Aquellas descriptivas palabras quedaron flotando en su mente mientras avanzaba hacia él.

–No, no se me ha ocurrido pensar en otras bebidas que el vino que se va a tomar durante la cena.

–Ah, aquí está. Tiene cerca de veinte años –se llevó la botella a su estudio y volvió al salón–. Henry y yo nos reuniremos en mi estudio. ¿Podrás asegurarte de que nadie nos moleste mientras estamos allí? ¿Crees que podrás mantener a todo el mundo entretenido mientras hablamos?

–Por supuesto.

Colt sonrió.

–Así que Belle se ha convertido en una anfitriona completamente segura de sí misma.

La joven se encogió de hombros con estudiada despreocupación.

–Hice muchas veces de anfitriona con mi padre. Si no crees que sea capaz de hacerlo, podrías haber llamado a Marsha.

–Oh, sé que eres capaz de hacerlo perfectamente.

La actitud de Colt la molestaba. Lo había hecho durante toda la semana. Parecía haberse convertido en un hombre más duro, más cínico, y se reía de todos sus esfuerzos por aprender a desenvolverse en el mundo de los negocios.

–¿Qué es lo que tanto te interesa del señor Walters?

–Tiene una empresa que se ajusta perfectamente a nuestras necesidades. Unas cuantas cabezas perforadoras y barro.

«Barro» era la palabra que los hombres del petróleo utilizaban para denominar el primer líquido que salía en las perforaciones. Cuando su padre la había llevado un día a los pozos, habían terminado ambos cubiertos de él. Al verlos llegar a casa, su madre al principio los había mirado enfadada, pero después se había echado a reír.

–¿Qué te pasa? ¿Qué es lo que te preocupa? –Colt permanecía frente a ella, mirándola con el ceño fruncido.

–Nada. Estaba pensando... bueno, en nada.

–En el pasado –repuso Colt–. En la época en la que Lily vivía y tú eras feliz.

Belle lo escrutó con la mirada, pero no encontró en su rostro nada que indicara que se estaba burlando de ella.

–Sí.

–¿Tan terrible te parece ahora tu vida?

–Realmente, no. Es sólo que me resulta muy duro sentirme a la deriva, no tener a nadie –se interrumpió al darse cuenta de que Colt tampoco tenía ningún familiar. Él también era huérfano desde hacía años.

Colt la tomó por la barbilla con un dedo y estudió su rostro.

–¿No he estado siempre a tu lado cuando has necesitado un hombro sobre el que llorar?

–Sí, pero...

–¿Pero?

Belle se separó de él y forzó una sonrisa.

–Pero ya no necesito ningún hombro sobre el que llorar.

En ese momento sonó el timbre de la puerta.

–Ya llegan nuestros invitados –Colt le tomó la mano–. Vamos a recibirlos.

Para alivio de Belle, aquella noche no tuvo que en-

frentarse a Marsha. Los veinte invitados eran personas
relacionadas con el mundo de los negocios. Ya había tenido oportunidad de hablar con algunos de ellos durante
la semana que había trabajado como recepcionista. Y reconoció la voz del señor Walters en cuanto la escuchó.

Hablaba en un tono grave, que encajaba perfectamente con su monumental tamaño. Su actitud era típica-
mente texana, expansiva y confiada. Su hijo, Slocum era
también alto, pero no tan grueso como su padre. También tenía una voz profunda, pero sus maneras eran más
tranquilas. Era además un chico muy atractivo, de ojos
azules y pelo rubio. Belle calculó que debía de tener
unos veintiocho años.

–Glamorgan –repitió Henry–. ¿Tiene alguna relación
con Harold Glamorgan?

–Era mi padre.

–Y el mejor jugador de póker que he conocido –le
dijo Henry. Pretendía ser un cumplido–. Lo sentí mucho
cuando me enteré de su muerte.

–Gracias –Belle se volvió hacia su hijo–. ¿Tú vives
en la ciudad o eres un ranchero?

–Yo soy el hijo al que le ha tocado estudiar derecho.

Belle tomó una copa de vino y aceptó un canapé de
paté de la bandeja que el camarero le ofrecía. Scolum
optó por un brandy.

–¿Así que hay otros hijos? ¿Y qué estudian los demás?

–Sólo tengo un hermano mayor. Él es licenciado en
empresariales.

Belle no tardó en darse cuenta de que Slocum no estaba contento con su vida. Se acercaron a una de las ven-
tanas y observaron desde allí las luces de la ciudad.

–¿Qué te habría gustado ser?

Slocum meditó su respuesta.

–Bueno, en realidad me gusta bastante el derecho. La
verdad es que mucho. Pero lo que no soporto es la actitud de mi padre, que pretende guiar todos mis pasos.

–Comprendo perfectamente lo que quieres decir. Mi

padre también estaba decidido a convertirme en toda una magnate del mundo del petróleo. Colt me está enseñando a manejarme en el mundo de los negocios.

Slocum parecía impresionado.

–Mi padre cree que Mckinnon ha alcanzado ya la cima. Le ha dicho a mi hermano que estudie sus movimientos.

Belle estaba empezando a pensar que Slocum le gustaba más que ninguno de los otros jóvenes que hasta entonces había conocido.

–¿Y qué problema tienes con tu padre?

–No le gusta la mujer con la que quiero casarme.

Belle lo miró con compasión.

–¿Y tú la quieres mucho? ¿Ella también te quiere?

Slocum vaciló un momento, y a continuación asintió.

–Mary es maravillosa. Es enfermera. En una ocasión, me caí del caballo y me rompí la clavícula. Unos amigos me llevaron a una clínica. Y así es como nos conocimos. Fue.. bueno...

–¿Amor a primera vista?

Slocum se sonrojó.

–Sí. Es una persona maravillosa, pero mi padre ha decidido que va detrás de mi dinero. Dinero, ¡ja! Mi hermano y yo trabajamos para mi padre por un sueldo miserable.

–Nadie debería ser esclavo de sus parientes. ¿Y por qué no buscas otro trabajo?

–Por mi madre. Tiene el corazón débil. No puede soportar las discusiones familiares –suspiró.

–Es terrible. Pero seguramente ella querrá que seas feliz. No deberías dejar que tu padre influyera en tu vida de ese modo.

–Mary está de acuerdo con mi padre.

–¿En que va detrás de tu dinero? –exclamó Belle horrorizada.

–No. En que no me conviene. El problema es que es mayor que yo. Piensa que terminaré arrepintiéndome de haberme casado con ella, que conoceré a alguien más joven y...

Se interrumpió y se quedó mirando a Belle tan fijamente que la joven comenzó a sentirse incómoda.

–¿Qué ocurre? –le preguntó.

–Supongo que tú no... Bah, no importa.

–¿Qué pasa, Slocum? –preguntó Belle mientras se hacía con otra copa de vino.

–A mi padre le gustas –le explicó él lentamente–. Si pensara que estoy saliendo contigo, quizá tendría tiempo para convencer a Mary de que podemos tener una oportunidad...

A Belle le pareció un plan muy romántico.

–Es una idea maravillosa. Escucha, podemos tener una doble cita, y fingir así que somos tú y yo los que vamos juntos.

–Asumiendo que pueda convencer a Mary para que venga, ¿a quién podríamos llevar con nosotros?

Belle frunció el ceño pensativa. Miró a través de la habitación. Colt y el señor Walters se dirigían justo en ese momento hacia el estudio. Colt le dirigió una mirada severa antes de salir del salón. Pero Belle miró a Slocum con una sonrisa radiante.

–Conozco a la persona que puede acompañarnos.

Colt se preguntaba cómo era posible que se hubiera dejado envolver de aquella manera. Odiaba la ópera. Salvo algunos pasajes excepcionales, todo le parecía excesivamente estridente. Pero Slocum Walters había sacado entradas para ir a un concierto benéfico que ofrecían tres tenores.

Belle le había asegurado que aquella cita era una especie de representación y él así lo esperaba. No había dormido bien en toda la semana. Quizá porque Belle había salido todas y cada una de las malditas noches con el hijo de Walters.

No tenía nada contra Slocum, salvo que era abogado.

Algo completamente injusto, lo sabía, pero así era. Y le irritaban profundamente sus propios sentimientos.

Belle atendía las llamadas de Slocum en su habitación, como si ambos compartieran un secreto. Aquello también lo enfadaba endemoniadamente. Tenía la sospecha de que estaba ocurriendo algo extraño.

Colt miró a la mujer que estaba al lado de Slocum y después a Belle. Slocum prestaba mucha más atención a Mary Cline que a Belle, que se suponía que era la mujer con la que salía

Belle se inclinó hacia adelante y le sonrió al ver que la estaba mirando. Aquel día se había puesto unos pantalones azules, un jersey rojo y los pendientes y el collar de perlas que le habían regalado el día que había cumplido diecisiete años. Un cumpleaños que había pasado completamente sola en su internado.

Hal estaba participando en un importante torneo de póker y se había olvidado del cumpleaños de su hija. De modo que Colt había tomado un avión y había ido a recogerla para invitarla a cenar. Había sido un terrible error. Probablemente había sido entonces cuando Belle se había enamorado de él y había dado por supuesto que se casarían cuando se graduara.

Suspiró cuando las luces se apagaron y comenzó la música. Para su sorpresa, disfrutó con el programa. Los tenores cantaron canciones muy populares y arias que también conocía. No fue una verdadera ópera. Y cuando la actuación terminó, aplaudió con el mismo entusiasmo que el resto del público.

—Ha sido maravilloso —comentó Mary, cuando estaban ya en el coche de Slocum, intentando salir del congestionado aparcamiento.

Belle se volvió en su asiento, para hablar con ellos.

—Colt pensaba que no le iba a gustar nada, pero ha aplaudido con más fuerza que nadie.

—No conozco otra persona que repita tantas veces «te lo dije» —refunfuñó Colt—. Pero tengo que reconocer que son muy buenos.

–Los mejores del mundo.

¿Por qué jamás se habría fijado en la seductora ronquera que adquiría su voz cuando reía? Acariciaba sus sentidos como si fuera miel tibia. Era la risa de Belle, sí, pero había algo más... una delicada feminidad que lo desarmaba.

Sacudió la cabeza, intentando evitar la dirección que estaban tomando sus pensamientos. Había intentado ignorarla en el trabajo durante toda la semana, pero le había resultado imposible. Cada vez que regresaba a la oficina cansado y aburrido después de una reunión, la encontraba radiante, iluminando con su sonrisa toda la zona de recepción.

Ella y Carmen, que andaba ya cerca de los cincuenta años, parecían haber llegado a convertirse en grandes amigas. Desayunaban juntas en el despacho de Carmen y de vez en cuando comían allí. Colt también había tenido oportunidad de conocer a Kelley Mosher, la asesora personal de Belle, mientras las tres compartían una pizza.

La joven tenía un encanto especial para atraer a la gente. Hasta el viejo Cheaver, el portero, les sonreía rebosante de alegría cada vez que llegaban a casa. Definitivamente, Belle era una mujer popular.

–Eh... ¿Os importaría que os dejarara antes en casa a ti y a Colt? –preguntó Slocum cuando salieron por fin del aparcamiento.

–Por supuesto que no –respondió Belle, antes de que Colt tuviera oportunidad de decir nada.

Colt frunció el ceño. En algunas ocasiones, cuando estaba jugando al póker o participaba en alguna reunión, era capaz de intuir cuándo las cosas no andaban bien. En ese momento tenía la misma sensación, pero no dijo nada cuando salió del coche con Belle.

El señor Cheaver corrió a abrirles la puerta y le brindó a Belle una sonrisa.

–¿Su hija sigue pensando en montar un negocio? –le preguntó Belle–. Entérese de si Dee necesita a alguien.

–¿De qué estabas hablando con Cheaver? –le preguntó Colt cuando se metieron en el ascensor.

Belle le contó que la hija de Cheaver estaba pensando en montar su propia empresa.

–Entonces debería investigar en el área de servicio doméstico –le sugirió.

A Belle se le iluminó la mirada.

–Podrías tener razón. He leído que cerca de dos tercios de las mujeres casadas trabajan actualmente fuera de su casa. Estoy segura de que a todas ellas les gustaría poder contar con alguien de confianza. Le comentaré tu idea a Dee.

Pero el entusiasmo de Belle no consiguió eliminar la irritación de Colt, irritación que contuvo hasta que estuvieron dentro del apartamento.

–Debes de confiar mucho en tu novio para permitir que te deje en casa antes que a otra mujer.

–¿Te refieres a Slocum? Porque no es mi novio, es mi amigo. Y sí, confío completamente en él. Es muy sincero –colgó el abrigo en el armario y se dirigió bostezando a la cocina–. Estoy hambrienta, ¿quieres comer algo?

–No.

–Yo voy a tomarme un chocolate. ¿Quieres?

–Supongo que sí.

Colt la siguió a la cocina con la mirada fija en la cadencia de sus caderas. Una clamor estallaba por sus venas. En la puerta de la cocina, la agarró del brazo.

–Esto no puede continuar así –le dijo a Belle con una furia incontenible.

Belle lo miró con los ojos abiertos de par en par.

–¿Qué te ocurre, Colt?

–Tú. Yo... No lo sé. Lo único que sé es esto –se inclinó hacia delante y en aquella ocasión no se detuvo... No quería parar... no podía hacerlo.

Belle emitió un débil gemido antes de que Colt rozara sus labios. El corazón le latía alocadamente, completamente descontrolado.

Y cuando Colt tocó su boca, lo que experimentó fue una deliciosa combinación de fuerza y delicadeza.

Estaba tan sorprendida por el hecho de que Colt estuviera besándola que no era consciente de que también estaba abrazándola como si no existiera el mañana.

Su pecho musculoso inflamaba sus senos y sus piernas se entrecruzaban durante la intimidad del beso.

Por un terrible instante, Belle pensó que iba a desmayarse y echar a perder el momento, pero no lo hizo. Al contrario, se aferró a él y lo abrazó con fuerza, como si temiera que acabara aquella locura.

Colt la soltó, permitiéndole respirar y le susurró al oído con una voz tan ronca y grave que resultaba difícil distinguir sus palabras:

–Detenme.

¿Renunciar a aquel milagro? Antes muerta.

Hundió una mano en el maravilloso pelo de Colt, negándose a abandonarlo. Una sensación salvaje se extendía por todo su cuerpo, sentía un hambre que nada tenía que ver con la comida y sí con la voracidad de su corazón. Hacía tanto tiempo que nadie la abrazaba...

Lo siguiente que supo fue que estaba en el sofá, acurrucada contra Colt. Había perdido los zapatos de tacón por el camino y escuchó a Colt quitándose los suyos.

Colt le separó suavemente los muslos y hundió la rodilla entre ellos, permitiéndole disfrutar de una intimidad que no había conocido jamás con ningún hombre. Era maravilloso, absolutamente delicioso. Estaba haciendo realidad algo con lo que siempre había soñado.

–Detenme –le ordenó Colt otra vez.

–Jamás –se movió agitadamente contra él y sintió la sólida dureza que denunciaba su deseo. Colt la deseaba. La deseaba de verdad–. Enséñame lo que tengo que hacer –le pidió.

–No –respondió Colt con inesperada fiereza, pero no dejó de acariciarla.

–Enséñame.

Colt alzó entonces la cabeza y la miró.

–¿Qué quieres saber? –le preguntó con un deje de crueldad en la voz.

Belle deslizó las manos bajo su camisa, sin acordarse muy bien de cuándo se había quitado la chaqueta y la corbata, y acarició su piel desnuda.

–Todo –susurró–. Quiero saber todo lo que tú sabes.

Colt se quedó sin respiración durante un instante, después exhaló bruscamente y la estrechó contra él.

–¿Esto? –la besó en la boca–. ¿Y esto? –deslizó la mano bajo su jersey–. ¿O esto? –buscó su espalda y le desabrochó el sujetador para acariciar a continuación sus pezones.

Belle se estremeció, sobrecogida por el deseo.

–¿Es esto lo que quieres? –le susurró Colt al oído y le mordisqueó cariñosamente el cuello.

–Sí. Nadie había hecho esto jamás –contestó.

Colt se echó a reír. Fue una carcajada breve y dura.

–¿Tú crees? Eres muy inocente, ¿verdad, Belle?

–Me refería a mí. Nadie me ha hecho esto nunca. Acaríciame otra vez –le hizo presionar la mano contra su seno. Necesitaba sus caricias más que el aire para respirar.

Colt volvió a acariciarla y a continuación tiró suavemente del pezón. Corrientes de placer invadieron el cuerpo de Belle, haciéndola presa de un deseo insoportable.

Colt se quedó completamente quieto.

–Si al menos supieras el efecto que esas palabras pueden tener en un hombre...

Belle lo miró, sorprendida por la angustia que destilaban sus palabras.

–¿Te duele? –le preguntó Belle.

–Sí, me duele. ¿Y a ti, Belle? ¿Quieres que continúe? –era todo un desafío.

–Oh, sí. Lo quiero todo –rió, jubilosa por estar viva en aquel momento mágico–. Te deseo, Colt.

Colt cerró los ojos, pero no la besó. La joven observaba la tensión de su boca. Y, de pronto, la magia desapareció.

–¡Levántate! –la urgió.

Asustada, Belle saltó de su regazo. Colt le quitó el jersey y la blusa. El sujetador desabrochado se deslizó por sus brazos y terminó cayendo al suelo. Inmediatamente, Colt la estrechó contra él y posó la boca en su seno para comenzar a acariciarlo con la lengua.

–Oh –gimió Belle, temiendo por un instante que se pudiera morir de placer.

–¿Esto satisface tu curiosidad? –le preguntó.

Belle acarició su rostro con manos temblorosas y asintió.

–Las dudas están en ti, no en mí.

Colt la miró entonces a los ojos, como si quisiera leer en las profundidades de su alma. Belle le devolvió la mirada, encontrando en la de Colt enfado, deseo, y otros sentimientos que no conseguía definir.

Belle no comprendía aquella extraña mezcla de sentimientos. Tenía miedo de no ser suficiente mujer para él, de no contar con la experiencia necesaria para satisfacerlo.

Los ojos se le llenaron de lágrimas.

Colt se los besó silenciosamente y saboreó la sal de sus propios labios. Su expresión se suavizó.

–No tengas miedo.

–No lo tengo –le aseguró–. Jamás he tenido miedo de ti.

–Eso es lo que más me asusta de todo esto. Porque creo que los dos deberíamos tener miedo –envolvió sus cuerpos unidos con la mirada, pero antes de que Belle pudiera contestar, se inclinó de nuevo hacia sus senos–. No vamos a llegar mucho más lejos.

Belle no sabía lo que pretendía decir, pero no le importaba. Por lo menos iba a saber lo que era ser deseada como mujer, ser acariciada por el hombre a quien más quería,

–Oh, Colt, es tan maravilloso. No sabía que podía llegar a ser algo tan increíble.

–Si continúas hablando así, pequeña, terminarás averiguando exactamente lo increíble que puede llegar a ser.

–Enséñamelo –le propuso Belle encantada.

–No, Belle.

–Sí –se estrechó contra él, emocionada al sentir la dureza de su cuerpo contra el suyo.

Colt la agarró por las caderas y la separó de él.

–Cállate ya, diablillo –le dijo Colt sonriente, como si le divirtieran las discusiones que surgían entre ellos, como si hubiera habido una contienda y él se hubiera declarado ganador.

–¿Qué te ha pasado? –le preguntó Belle, extrañada por aquel repentino cambio de humor.

–Nada –al verla fruncir el ceño, añadió–: Has estado a punto de hacerme perder el control. Eso es algo que no me sucedía desde hacía años. No me lo esperaba.

Belle se llenó de orgullo. Sonrió y se arrimó de nuevo a él, experimentando su poder de seduccción.

Colt se inclinó hacia delante y la tumbó en el sofá mientras reanudaba los besos y las caricias, conduciéndola hasta la locura. Al cabo de algunos minutos, se echó hacia atrás y dijo con voz ronca:

–Descansemos un poco.

Con la respiración agitada, hizo que Belle inclinara la cabeza contra su pecho y ella aprovechó aquella posición para desabrocharle la camisa. A los pocos segundos, descubrió que todavía no había aprendido todo lo que su sentido del tacto podía enseñarle. Sus senos rozaban el vello ensortijado de su pecho, haciéndole experimentar sensaciones completamente nuevas.

–Colt, me haces sentirme tan bien –le dijo, explorando entusiasmada aquella novedosa sensación.

–Vas a matarme, Belle.

–¿Qué ocurre? ¿Te duele?

–Sí, pero no te detengas, es un dolor maravilloso.

–Yo quiero... bueno, ya sabes.

–Sí, pero no va a ser. Por encima de la cintura, vamos a probar todo lo que quieras, pero no pienso descender ni un sólo centímetro, ¿me has entendido?

Belle apoyó entonces la mano en su vientre. Todos los músculos de Colt se contrajeron. Con un rápido movimiento enmarcó el rostro de Belle con las manos y cubrió su boca con un beso.

—Me las pagarás por esa jugada —musitó.

Entonces procedió a besarla y acariciarla hasta hacerla gemir y retorcerse de placer.

Cuando la soltó, para que ambos pudieran recuperar el ritmo normal de la respiración, los corazones de ambos latían a la misma vertiginosa velocidad.

—Me gustaría que esta noche no terminara nunca.

Colt le apartó un mechón de pelo de la frente.

—Creía que había sobrepasado ya esa edad en la que uno es capaz de tensar la pasión al máximo sin desahogarse. Ese tipo de juegos son para los jóvenes.

—Y también los asientos traseros de los coches.

—¿En cuántos asientos traseros has estado?

—En ninguno. Mi padre habría matado a cualquiera que se hubiera atrevido a llevarme a un lugar solitario en su coche.

Colt permaneció durante tanto tiempo en silencio, que si no hubiera sido por lo tenso que lo percibía, habría pensado que se había quedado dormido.

—¿Es esa la razón por la que... no tienes ninguna experiencia?

Belle se colocó la camisa de Colt sobre los hombros para abrigarse una vez comenzada ya a enfriarse la pasión.

—Bueno, he tenido algunas experiencias, pero no puede decirse que hayan sido muy buenas.

—¿No? —preguntó Colt con el ceño fruncido—. ¿Por qué no me las cuentas? Estrangularé a cualquiera que se haya atrevido a hacerte daño.

—No me refería a ese tipo de experiencias. El verano anterior a que cumpliera catorce años, me invitaron a una fiesta nocturna. Los padres de la chica que la celebraba no estaban en casa, pero yo no lo sabía. Vinieron algunos chicos y comenzamos a jugar a la botella –miró a Colt con expresión interrogante, para asegurarse de que conocía aquel juego.

–No soy tan mayor como para no conocerlo –contestó Colt con una irónica sonrisa.

–El caso es que tanto el chico al que le tocó tocarme como yo estábamos muertos de vergüenza. Me dio un beso muy rápido, pero sus amigos no se conformaron con eso. Nos hicieron abrazarnos y justo cuando estaba besándome otra vez, alguien lo empujó. Nuestros aparatos de ortodoncia se engancharon y nadie conseguía separarnos. Tuvieron que llamar a mi padre. Él a su vez levantó de la cama al dentista, eran ya más de las doce, y tuvimos que ir a su consulta. Fue de lo más humillante. Al día siguiente, todo el mundo sabía lo ocurrido. Aquella fue la última vez que pasé la noche con un chico. Mi padre me envió al internado y a partir de entonces, comencé a pasar los veranos haciendo viajes al extranjero con viejas maestras.

–Un año amenazaste con llevarte un caballo del rancho y esconderlo en el internado hasta que fuéramos a buscarte.

–Hasta que hablaste con papá para que me permitiera volver a casa aquel verano y me encargaste que cuidara de los caballos. Fuiste muy amable, Colt –acarició su pecho y sintió los fuertes latidos de su corazón contra su mano.

–Desde luego. Soy un auténtico héroe.

–Yo no iría tan lejos –bromeó Belle.

–Cuéntame ahora cuál fue tu siguiente experiencia con los hombres.

–En uno de los viajes, me enamoré de uno de los camareros del hotel en el que nos hospedábamos. Era un austriaco. La profesora que me acompañaba me sorprendió una noche con él en el restaurante. Me enviaron inmediatamente a casa. Y después cometí mi gran error.

Colt la miró con expresión interrogante.

–Fue durante la Navidad del último curso en el colegio. Yo estaba enfadada porque me habían enviado de nuevo al internado en vez de a cualquier otro colegio de la zona que me permitiera quedarme a vivir en casa. Mi padre me encontró besándome con el hijo del jardinero en el garaje. Echó al chico y a su padre y me prohibió salir de casa durante el resto de las vacaciones.

–¿Fue un beso muy íntimo?

–No mucho.

–Y en el asiento del coche... ¿qué fue lo que ocurrió?

–Estábamos fuera del coche. El viento empujó la puerta y yo me fui hacia delante y perdí el equilibrio.

–¿Y caíste en sus brazos?

–Sí. Fue entonces cuando me di cuenta de que él quería besarme, y le dejé que lo hiciera.

–¿Por qué?

–Sentía curiosidad. Nunca había besado a nadie, excepto a ti, pero tú no contabas. Por lo menos entonces. Nadie se atrevía a acercarse a mí por culpa de mi padre. Yo quería saber lo que se sentía al dar un beso.

–¿Y qué sentiste? –preguntó Colt, intentando no hacer caso del enfado totalmente irracional que sentía al imaginársela besando a alguien en un mugriento garaje.

–Nada parecido a lo de esta noche,

Colt sonrió, complacido por su abrumadora sinceridad.

–Podrías haber resultado herida, si no hubiera sido el tipo adecuado y tu padre no hubiera aparecido en ese momento.

–Supongo que te refieres a que algunos hombres no aceptan un no por respuesta. Yo tenía una amiga en el internado que se encontró con un hombre así. Le costó mucho tiempo superarlo. Confiaba en él.

–¿Igual que tú confías en mí?

–Sí.

–Quizá no deberías poner tanta fe en una amistad de la infancia. Ya no eres ninguna niña.

–No hay nada que puedas hacer para quebrar mi confianza en ti –protestó Belle–. Además, yo quiero hacerlo todo contigo –le sonrió desafiante.

El cuerpo de Colt lo urgía a tomar todo lo que Belle le estaba ofreciendo.

–Crees que me deseas, pero mañana por la mañana te arrepentirías –se obligó a apartarse de su seductora suavidad y se levantó–. Y yo también.

Ignorando el dolor que afloró en los ojos de la joven, se dirigió a su dormitorio y cerró la puerta... no tanto para impedirle el paso a Belle como para recordarse a sí mismo que debía permanecer dentro. Y completamente solo.

Capítulo 5

SI TE concentras en una zona, te ahorrarás tiempo en desplazamientos –le explicó Carmen.

–Buena idea –estuvo de acuerdo Belle.

La secretaria de Colt tenía una mente muy aguda. Ella era la que había sugerido que utilizaran carteles para dar a conocer la nueva empresa de Dee, Mighty Maids. El padre de Dee iba a repartirlos entre los residentes del edificio de Colt. Belle y Carmen pensaban distribuírlos en las oficinas, y Kelley en el centro de moda en el que trabajaba.

–¿Cómo puedo ayudar yo? –preguntó Mary.

–Supongo que una clínica de emergencias no es el mejor lugar para conseguir clientes para una empresa de servicio doméstico.

–Puedes asegurarte de que tus clientes lean el anuncio antes de que cures sus heridas. Como Slocum con su clavícula rota –sugirió Belle con una sonrisa radiante.

Dee se echó a reír.

–Exacto. Puedes hacerles creer que están firmando el alta, pero lo que realmente les darás será un contrato para que acepten que vaya alguien a limpiar su casa.

Las cuatro se echaron a reír.

–Y sé quién va a ser tu primer cliente. Colt ya me ha preguntado cuándo piensas empezar –Belle miró hacia el estudio en el que estaba encerrado el dueño de la casa.

–Tendré que pagarte una comisión –decidió Dee. Parecía preocupada–. ¿Y qué sucederá si descubro que tengo más trabajo del que puedo llevar por mí misma?

–Pues tendrás que contratar a gente que se encargue

del trabajo mientras tú diriges el negocio. No puedes hacerlo todo, Dee.

–Belle tiene razón –la apoyó Carmen–. Tendrás que organizar los horarios, encargarte de los contratos y procurar que las cosas vayan sin ningún tipo de problemas.

–Y de momento no deberías renuciar a tu trabajo actual –le aconsejó Kelley–. Necesitarás dinero para pagar las cuentas hasta que estés definitivamente establecida. La razón por la que fracasan la mayor parte de los negocios es la falta de capital. Y ya que hablamos de ello, me gustaría invertir en tu compañía, si es que estás interesada en tener socios. Piensa en ello y ya hablaremos más adelante.

–¿Y qué ocurrirá si fracaso? –preguntó Dee mirando temerosa al grupo.

–No vas a fracasar –le aseguró Mary.

–Además, no intentarlo nunca sería peor que fracasar –añadió Belle.

–Estoy de acuerdo con eso –dijo Kelley.

–Y yo también –añadió Carmen.

Belle y sus amigas esperaron a que Dee considerara sus consejos.

–Tenéis razón –dijo por fin–. Lo haré. Y mantendré mi trabajo actual, aunque mi jefe sea el ser más repugnante del mundo.

Colt colgó el teléfono y escuchó las risas procedentes de la cocina. Belle y sus amigas estaban muy ocupadas, planeando el futuro de la hija del portero. Belle le había pedido su consejo acerca del plan que ella y Dee habían preparado por si acaso la última tenía que pedir un préstamo.

Y Colt tenía que reconocer que se había quedado sorprendido al leerlo. Era un plan sencillo, pero factible. Dee tendría que ocuparse personalmente de todo en un primer momento, pero en cuanto el negocio llevara un mes funcionando, podría contratar a una persona e intentar ir expandiéndose poco a poco. Belle había sido la que había definido la estrategia.

Era una joven inteligente y provechosa cuando se trataba de ayudar a los demás. ¿Por qué no pondría la misma energía en sus propios estudios, o para sacar adelante el que iba a ser su futuro negocio?

Era obvio que tenía sus razones para no hacerlo. Era una joven con voluntad propia, hacía las cosas que quería y cuando quería, y pobre del que intentara forzarla a hacer lo que no quería.

Y él tampoco habría querido que fuera de otra forma.

Aquella revelación le hizo detenerse. Se inclinó hacia atrás en la silla y su mente se llenó de imágenes de lo que había ocurrido el viernes por la noche, imágenes que acabaron con su paz mental... si es que había podido disfrutar de algún momento de paz desde el episodio del sofá.

Todavía le parecía increíble haber sucumbido a la pasión, haber perdido de aquella forma la cabeza. Su conciencia podía haber trazado alguna frontera en la cintura, pero su mente y su cuerpo no habían seguido las órdenes. Mucho tiempo después de que Belle se hubiera dormido, todavía continuaba despierto pensando en lo ocurrido.

Tenía que admitir que había sido muy fuerte la tentación de mostrarle a Belle todo lo que ella quería. O al menos lo que pensaba que quería.

Pero no, no podía hacerle una cosa así. Belle se merecía mucho más. Hal tenía razón. Podía llegar a emparentar con cualquiera de las más importantes familias de Texas. Podía llegar a ser algo más que la hija de un simple peón... o la esposa.

Él no era nada. Un pobre huérfano. Un tipo demasiado vulgar para casarse con la hija del farmacéutico de una pequeña ciudad. Un chico sin familia ni proyectos de futuro. Todavía sentía el dolor del rechazo, a pesar de las muchas veces que la madre de Belle le había dicho que aquella chica no era suficientemente buena para él.

Pero las cosas habían cambiado. Podía permitirse el lujo de tener coches, un ático espectacular... hasta podía ir a la ópera. De hecho, no tenía ningún inconveniente para mantener el nivel de vida de una mujer como Marsha. Asomó a sus labios una cínica sonrisa. Sí, podía tener lo mejor..., pero si Marsha era lo mejor, no lo quería.

La risa de Belle repiqueteó de nuevo, penetrando la burbuja de recuerdos dolorosos en la que Colt se había envuelto.

Haciendo una mueca, descolgó el teléfono.

–¿Henry? –dijo cuando oyó contestar al padre de Slocum–. Estoy completamente de acuerdo con los términos del contrato. Esto debería ser un buen acuerdo para ambas compañías. Sí, y también para tu hijo y para Belle.

–Creo que está viendo a otra mujer. Lo vi el otro día con alguien, pero estaban demasiado lejos para que pudiera reconocerla.

–Quizá fuera su madre, o su hermana –le sugirió Belle a Carmen, que estaba preocupada por su hija.

La secretaria tenía dos hijos ya casados, pero su hija, de veintidós años, vivía todavía en la casa familiar, mientras terminaba los estudios de fisioterapeuta.

–La semana pasada la dejó plantada dos veces. Bueno, en realidad la llamó en el último momento y le dijo que no podía salir. Puso el trabajo como excusa. Esa misma tarde, yo fui al cine con unos amigos. Y fue entonces cuando lo vi. A la salida lo descubrí hablando con esa mujer.

Belle y Carmen habían estado colocando los anuncios de Dee durante la hora del almuerzo. Hasta entonces, la joven empresaria había recibido muy pocas llamadas, lo que resultaba un poco deprimente.

Colt ya les había advertido que debían esperar un bajo porcentaje de retorno. Unas tres llamadas por cada cien personas que vieran el anuncio, aproximadamente. Esa era la razón por la que Carmen y Belle habían decidido ampliar su campo de acción a otros edificios de la zona.

–Me gustaría conocerlo –decidió Belle mientras regresaban a su edificio–. Se me da muy bien juzgar a la gente. En una ocasión mi padre contrató a un tipo que resultó ser un ladrón. Yo lo averigüe inmediatamente. ¿Pero crees que mi padre y Colt me escucharon? Por supuesto que no.

–Bueno, al fin y al cabo son hombres. Así era también mi primer marido. Que el cielo bendiga su pequeño y tramposo corazón.

Belle miró a su compañera. Carmen sonrió y ambas estallaron en carcajadas.

Cuando llegaron a la oficina, Colt estaba esperándolas en el escritorio de Carmen.

–Empezaba a preguntarme si pensabais volver al trabajo –comentó al verlas.

–Hemos estado distribuyendo los anuncios de Dee –le explicó Belle–. Hemos decidido ir a otros edificios de la zona para extender la propaganda. ¿Te parece bien que pongamos unos cuantos más por aquí?

–Haced lo que os apetezca. Parece que no hay demasiados interesados, ¿verdad? –estaba sorprendentemente simpático.

–De momento, tú eres nuestro único cliente. Hemos distribuído cerca de quinientos anuncios. Dee ha recibido cuatro llamadas, pero nadie ha contratado sus servicios.

–Si la semana que viene las cosas no han mejorado, haré algunas recomendaciones personalmente.

–Oh, Colt, ¿de verdad lo harías? Sería maravilloso. Podremos citarte a ti en los anuncios.

–Después de que vea cómo va el trabajo.

–Dee está trabajando a tope. Y yo voy a ayudarla los fines de semana.

–¿Qué?

–Kelley dice que no debe renunciar a su actual trabajo hasta que tenga mayor estabilidad, y yo me he ofrecido a ayudarla durante los fines de semana hasta que pueda contratar a alguien.

Colt la miró con el ceño fruncido.

–Ya tienes suficiente trabajo en la oficina.

–No dejaré que mi trabajo con Dee interfiera en mi proceso de aprendizaje. En cualquier caso, ¿cuándo voy a hacer algo más que contestar el teléfono y ordenar archivos?

Colt rió, entre exasperado y divertido.

–Lo harás cuando yo decida que estás verdaderamente preparada.

Belle hizo una mueca, mientras intentaba juzgar el estado de ánimo de Colt, que desde el episodio del sofá se mostraba particularmente duro con ella. Se mantenía siempre distante, comportándose más como un frío desconocido que como un amigo de toda la vida.

Aquella semana, Belle estaba trabajando con los compradores, poniéndo al día los catálogos, solicitando noticias sobre nuevas compañías y, en general, echando una mano allí donde se lo solicitaban. Y estaba muy sorprendida por la cantidad de trabajo necesario para mantener en funcionamiento una empresa.

Había aprendido también a estar pendiente del precio del petróleo. Con los últimos descubrimientos petrolíferos en el golfo, había bajado considerablemente el precio del barril, y Belle había oído rumores de que se había producido una auténtica conmoción en la industria.

Pero de momento eso no era problema suyo. Tenía trabajo que hacer y anuncios que distribuir. Y pensando en ello se dirigió a la pequeña sala de reuniones que le habían asignado como despacho.

Al cabo de unas horas, Colt entró en la habitación y cerró la puerta tras él.

–He pensado que te gustaría conocer las últimas noticias financieras –le dijo con aire de misterio, y le colocó un periódico en la mesa.

Belle tomó el periódico y leyó los titulares.

–*Montbatten Declara la Bancarrota de su Empresa*. ¿No es este el padre de Marsha?

–Sí –Colt tiró una moneda al aire y la atrapó de nuevo–. Tenías razón. Marsha iba detrás de mi dinero. La familia necesitaba a alguien que los sacara de apuros.

–Colt, lo siento.

–Sí, tengo el corazón destrozado.

Belle frunció el ceño. No parecía que estuviera muy afectado, aunque quizá estuviera utilizando su sarcasmo para disimular su dolor.

–¿Crees que te estuvo utilizando?

–Sí.

–Pero a lo mejor estaba enamorada de ti...

–No, no lo estaba.

–¿Y te sientes muy herido? –caminó hacia él y le acarició el brazo con simpatía.

Colt le atrapó la mano, y le estudió la palma como si estuviera adivinando su futuro.

–¿Te das cuenta de que al venir a mi casa cuando lo hiciste me salvaste de un destino más terrible que el de ser obligado a comer hígado durante el resto de mi vida?

Belle se quedó mirándolo fijamente, sin saber cómo interpretar tanto el chiste como la dureza de su voz. Colt sonrió.

Belle apartó furiosa la mano, toda su compasión había desaparecido.

–Eres un sinvergüenza. Ni siquiera estás mínimamente conmovido.

–El día después de tu llegada, cuando fui a comer con Marsha, me di cuenta de que había sido un error pensar en casarme con ella. Se pasó todo el almuerzo intentando averiguar qué porcentaje de la empresa era mío y cuál era tuyo.

Belle lo miró preocupada.

–Ahora está en la ruina. Para una persona acostumbrada al dinero, debe de ser terriblemente duro.

–Quizá Dee pueda ofrecerle trabajo en su empresa –sugirió con acidez.

–No lo sé –reflexionó Belle en voz alta–. Para alguien como yo, es diferente ser pobre. Antes lo era, y no me importa hacer tareas domésticas, pero...

–Belle, Marsha anunció su compromiso con un banquero amigo de su padre hace una semana.

El semblante de Belle resplandeció.

–Oh, entonces ya está todo solucionado.

De pronto, Colt acercó su rostro peligrosamente al suyo.

–A veces me pregunto si eres real –musitó.

Belle se quedó mirándolo sorprendida, con el corazón latiéndole violentamente ante la intensidad de su mirada.

–¿Qué quieres decir?

–No importa –se negaba a adentrarse en una conversación más profunda.

–Escucha, Colt, ¿qué te parece la idea de invitar a Carmen, a su hija y a su prometido al rancho este fin de semana? –preguntó Belle al recordar otro de los conflictos que estaba intentando resolver–. Carmen no confía en su futuro yerno, y he pensado que tú y yo podríamos echarle un vistazo.

–Me honra que quieras saber mi opinión. Al fin y al cabo, tú eres la única que sabe juzgar realmente a las personas –agarró el bolígrafo que Belle le arrojó–. Claro que puedes invitarlos.

–He pensado que también podría invitar a Slocum. Y a Mary –añadió.

–¿No estarás intentando emparejarnos a mí y a Mary, verdad?

–No, de verdad que no –contestó Belle.

Al cabo de diez segundos de escrutinio, Colt se encogió de hombros.

–Invita a toda la ciudad si quieres. Hoy me siento magnánimo.

–Eso es porque todavía tienes la sortija de diamante.

Colt soltó una carcajada.

–Y pienso conservarla en mi poder.

Belle entornó los ojos y volvió a concentrase en su trabajo. Aquella noche llamó a todos sus invitados. Estaba segura de que a Colt no le importaría que invitara a un par de personas más.

–Claro, yo asaré la carne. ¿Qué más hace falta que haga? –preguntó Colt mientras se dirigían el viernes por la noche al rancho.

–Nada. Ya he hablado con Ginny Taylor para que se encargue de las ensaladas y los postres. Y he comprado un pan maravilloso. El capataz se iba a encargar de conseguir cerveza y cola. He pensado que mañana podríamos hacer una excursión a caballo hasta la cascada, a última hora de la tarde, y después regresar a cenar alrededor de las ocho.

–Estupendo.

–Estás siendo increíblemente complaciente con todo esto –lo miró por el rabillo del ojo con cierto recelo.

Al igual que ella, Colt había abandonado su traje para ponerse unos vaqueros y una camisa de manga larga. Belle se quitó de pronto el cinturón de seguridad para poder examinarlo más de cerca,

–¿Qué te pasa? –le preguntó Colt.

–Me estaba preguntando si tendrías intención de besarme otra vez.

–No –contestó Colt con el ceño fruncido.

–Pero si estuvieras interesado en alguna mujer, ¿qué harías? Quiero decir, ¿cómo se lo harías saber?

Colt la miró de reojo, arqueando una ceja con expresión entre irónica y divertida.

–¿Tienes curiosidad por saber cómo cortejo a las mujeres, Belle?

–Sí –admitió–. ¿Qué hiciste cuando conociste a Marsha?

–Me pidió que fuera a una fiesta a su casa. Después me invitó a cenar y luego la llevé yo a un baile benéfico.

–¿Fue idea tuya o de ella?

Colt consideró la respuesta.

–Ahora que lo dices, la verdad es que fue suya,

–Entonces no creo que sea un buen ejemplo. ¿Cuál fue la última chica, antes que Marsha, con la que saliste?

–Fue mi contable, una chica que trabajaba conmigo cuando abrí esta oficina. Pero fue un error que no volveré a cometer. Jamás volveré a salir con nadie que trabaje en la misma oficina que yo.

–Bueno, eso ya lo sé. Un jefe nunca debe establecer relaciones sentimentales con sus empleados. Ni el hijo de un empleado con la hija del jefe.

Colt metió el coche en el garaje del rancho y apagó el motor. Se desabrochó el cinturón de seguridad, y estudió atentamente a Belle antes de decir:

–Si Hal estuviera vivo y nos hubiera descubierto besándonos, probablemente me había colgado.

–Ya tengo casi veintiún años. Soy perfectamente capaz de ocuparme de mis propios asuntos.

–O de la falta de ellos –sugirió Colt. Abrió la puerta el coche y salió sin esperar respuesta.

Belle hizo una mueca y lo siguió.

–Tampoco los busco –replicó, y entonces recordó que Colt conocía ya todos sus fracasos del pasado.

Colt le sostuvo la puerta de entrada a la casa, y le atrapó un mechón de pelo mientras pasaba, obligándola a quedarse en el umbral.

–Pobre Belle. ¿Qué fragmento era aquel de una obra griega que citaste una vez, algo sobre irse a la tumba sin haber llorado, sin haber cantado, sin haber sido besada? No, eso ya no es probable. Pero sí con una curiosidad virginal.

Su aliento rozaba la frente de Belle mientras hablaba. La joven se estremeció, encontrando su extraño humor peligroso y seductor a la vez.

Belle le acarició la mejilla.

–¿Alguna vez te has parado a pensar por qué las mujeres siempre se enamoran de hombres sin corazón?

–No, dímelo tú.

–Pues porque cuando se rinden a sus pies es mucho más divertido. Algún día, Colt, serás tú el que me supliques que te bese.

Colt le tomó la mano y le besó cada uno de los dedos antes de hablar.

–Cuidado Belle. Las niñas que juegan con fuego terminan quemándose.

–Quizá ambos terminemos encendiendo un fuego que no sea posible apagar.

Para fastidio de Belle, Colt estalló en carcajadas.

–Sí, ese es el problema –contestó, y la instó a meterse ya en la casa.

–Este lugar es adorable –exclamó Kelley, mirándolo todo con ojos de experta.

Belle sonrió con aire ausente. Estaba pensando en los arreglos que iba a hacer para pasar la noche. Había pensado poner a Carmen y a su hija Leah en una habitación; a Slocum, Jamie y Darrel, el prometido de Leah en otra, y a Kelley y a Mary en su propia habitación. Ella tendría que quedarse a dormir en el sofá del estudio de Colt.

Sin embargo, Carmen había llegado con gripe, lo que quería decir que tenía que dormir sola. Slocum le había dicho que le gustaría compartir habitación que Mary, y Kelley había señalado que ella y Jamie preferirían estar juntos.

De esa forma, Leah y Darrel tendrían que estar juntos. ¿Pero qué ocurriría si terminaban discutiendo?

Belle no quería que la acusaran de provocar una discusión. Así que sería mejor que dejara a Darrel en el sofá.

Sin dejar de fruncir el ceño, fue a la cocina a revisar el almuerzo. Colt estaba allí, hablando con Ginny.

–¿A qué se debe esa cara tan seria? –le preguntó al verla.

–Estaba pensando que la vida es mucho más sencilla cuando se es joven –contestó, dirigiéndole la más inocente de sus miradas–. Desde luego, es mucho menos complicado organizar a la gente para dormir.

Ginny comenzó a toser, para intentar disimular un estallido de carcajadas.

Colt la miró de reojo.

–Si has perdido tu cama, siempre puedes dormir conmigo.

–¡Ja! Eso es lo que a ti te gustaría.

La esposa del capataz no pareció en absoluto sorprendida por la sugerencia de Colt. Y Belle no pudo menos que preguntarse cuántas mujeres habrían compartido la cama con él durante los fines de semana. Aquella idea la mantuvo malhumorada durante la comida y durante el recorrido que les dio Colt por el rancho.

No recuperó el ánimo hasta que ensillaron los caballos y se dirigieron por la pradera hasta la cascada. Colt mantenía un ritmo lento en la cabalgata, para que ninguno de los invitados de Belle tuviera dificultades para seguirlos. Belle lo miraba de vez en cuando sin disimular su fastidio.

–¿Estás cansada? –le preguntó Colt cuando la joven se puso a su nivel.

–Me gustaría correr.

–Mira a ver si alguien quiere seguirte. Yo me encargaré de vigilar a los demás –se volvió hacia Leah y hacia Kelley y sujetó con una sola mano las riendas de sus monturas–. Belle tiene ganas de trotar un poco y le gustaría saber si alguien quiere acompañarla. Los demás, sujetad con fuerza a vuestros caballos hasta que los otros se hayan alejado.

Mary azuzó a su montura y se acercó hasta Belle. Slocum se reunió con ellos.

–Hagamos una carrera hasta el roble que crece en aquella roca.

–Vamos –gritó Mary, y comenzó a correr.

Belle y Slocum se inclinaron hacia delante. Sus caballos se pusieron en acción. Mary urgió al suyo a cabalgar más rápido. Belle soltó una carcajada, su pelo se mezclaba con las oscuras crines del caballo, que golpeaban sus mejillas mientras cruzaban los pastos. Dejó detrás a Slocum y alcanzó a Mary.

Mary gritó e instigó a la yegua con las riendas. Belle se tumbó prácticamente sobre el caballo, abrazándose a su cuello.

Adoraba aquella sensación. En ese momento, todo desaparecía para ella, sólo existía el caballo sobre el que galopaba y el sonido del viento contra sus oídos. Se sentía fiera y jubilosamente viva, como si toda su vida se redujera a la excitación de la carrera entre ella y su amiga.

El roble estaba ya a sólo unos metros. Riendo triunfal, paró su caballo, sabiendo que justo detrás de aquellas piedras estaba el arroyo y los enormes cantos rodados que lo encajonaban.

Pero Mary no se detuvo. Alborozada, urgió a su montura y continuó cabalgando. Cuando escuchó el grito de advertencia de Belle ya era demasiado tarde. El caballo hundió las patas en el arroyo y cayó de rodillas. Mary fue arrojada hacia delante.

–Mary –gritó Belle cuando su amiga desapareció en el agua, golpeándose la cabeza contra una roca.

Azuzó a su yegua para que se metiera en el agua y caminara con paso firme hacia Mary. Cuando estuvieron a su altura, Belle saltó hasta una piedra, agarró a Mary de la camisa y tiró de ella para sacarla del agua.

Slocum llegó en ese mismo momento, la levantó en brazos y la llevó hasta la orilla. Belle agarró a los caballos y los ató a un árbol mientras Slocum y Colt, que estaba ya a su lado, examinaban a su amiga. A continuación se acercó a donde estaban ellos, arrepintiéndose profundamente de haber sugerido la carrera.

–Estoy bien –dijo Mary, sentándose y acurrucándose contra Slocum–. No ha sido culpa tuya –le dijo a Belle–. Debería haberme detenido cuando has gritado.

–Pensaba que no me habías oído –se arrodilló y miró atentamente a su amiga–. Tienes un arañazo en la frente y un corte en el cuero cabelludo que quizá necesite unos puntos.

Slocum presionó un pañuelo contra la herida para detener la hemorragia.

–¿Cuántos dedos ves? –le preguntó a Mary preocupado, alzando dos dedos ante ella.

–Dos. De verdad, Slocum, no estoy tan mal. Sólo un poco mareada.

–No creo que estés en condiciones de decidir lo mal que estás –le dijo Colt–. Volveré a casa y traeré el coche. Te llevaremos al médico del pueblo.

Mary renunció a discutir y dejó que la cuidaran. Belle metió el pañuelo de Slocum en el agua helada del río, limpió las heridas de Mary y miró sus pupilas para asegurarse de que no estuvieran excesivamente dilatadas.

–No creo que tengas ninguna conmoción cerebral, pero hace falta limpiar y coser esas heridas.

Ya era de noche cuando Colt regresó al rancho con Slocum y Mary. A la enfermera le habían dado cuatro puntos en el cuero cabelludo, le habían curado una herida del hombro y le habían vendado el codo.

Belle les había pedido a Jamie y a Darrel que se ocuparan de asar la carne y para cuando llegó la herida, ya estaba todo preparado. Sólo faltaba ya poner la mesa, y Belle, ayudada por Kelley y Leah se ocupó de ello.

Desde que había ocurrido el accidente, habían escaseado las conversaciones. Belle se sentía fatal y fue un alivio para ella ver llegar a Mary sonriente después de haber visto al médico.

Dejaron a la convaleciente la silla más cómoda, Colt le colocó los pies sobre un taburete y Slocum le llevó una taza de té.

–Eh, creo que podría acostumbrarme a esto –confesó Mary divertida–. Podría llegar a convertirme en una gran tirana. Por favor, dame otra cucharada de azúcar –le ordenó a Slocum, provocando una carcajada colectiva que consiguió romper la tensión que había reinado en el rancho durante toda la tarde.

Colt se dirigió al comedor para ayudar a Belle.

—No te culpes por lo ocurrido —le aconsejó.

Belle le dirigió una mirada interrogante.

—Cuando algo sale mal, siempre tiendes a cargar con todas las culpas.

—Yo fui la que propuso que echáramos una carrera.

—Y yo te dije que lo hicieras.

—Debería haberle avisado antes.

—Y ella debería haberte escuchado cuando lo hiciste.

Belle dejó de contestar, y Colt le sonrió. Belle le devolvió la sonrisa.

En los ojos de Colt había aparecido por un instante un brillo especial. Por un momento, Belle reconoció a su antiguo amigo en su mirada. Dio un paso hacia él, necesitaba el consuelo de su abrazo después de tantas horas de preocupación. Pero se detuvo al ver que los ojos grises de Colt recuperaban su ya familiar gelidez.

—Será mejor que demos de cenar a nuestros invitados antes de que decidan matar ellos mismos una vaca.

Capítulo 6

COLT observaba la actividad que se desarrollaba en el salón después de la cena con mirada sombría. A esas alturas, ya no le cabía ninguna duda: Slocum estaba prestando una atención excesiva a Mary. Durante toda la noche la había estado tratando como si fuera una frágil porcelana... o como si estuviera enamorado de ella.

Y le molestaba aquella actitud por el daño que pudiera hacerle a Belle.

Aunque, realmente, ella no parecía en absoluto afectada.

Colt era consciente de que la joven tendía a ocultar su propio dolor, estaba siempre más preocupada por los problemas ajenos. Ese era uno de los rasgos de su generosa naturaleza. Pero a él no le gustaba que le hicieran ningún daño.

La luz iluminaba el pelo de Belle mientras ésta se inclinaba sobre el puzzle que estaba intentando reconstruir con Kelley. Leah y Jamie las observaban ociosos, sentados también a la mesa. Por todas partes había recipientes repletos de palomitas.

Colt sintió una extraña contracción en el pecho mientras estudiaba aquella escena hogareña. Belle era capaz de convertir cualquier casa, incluso una oficina, en un verdadero hogar. Durante el poco tiempo que llevaba con él, había llegado a conocer a todos sus empleados. Había hecho amistad hasta con el encargado de la limpieza de su oficina. Tenía una sonrisa para todo el mundo.

Colt frunció el ceño cuando Slocum fue a la cocina a

servirle otra taza de té a Mary. A las once, vieron todos un informativo y decidieron que había llegado la hora de irse a la cama. Colt esperó hasta que el comedor quedó vacío para apagar las luces.

Inquieto, estuvo merodeando por su estudio antes de sentarse a leer la última novela policiaca que tenía entre manos. Al cabo de unos minutos, llegó Belle, cargada con una manta y una almohada, y pareció sorprendida al verlo allí.

–¿Qué estás haciendo? –le preguntó Colt.

–Pensaba dormir en el sofá. Pero puedo hacerlo en el del salón.

–Puedes quedarte aquí si quieres. Estaba a punto de irme a la cama. ¿Pero quién está en tu habitación?

–Mmm, Kelley y Jamie, creo.

–Y supongo que Leah y Darrel también comparten habitación.

–Sí, por cierto, ¿qué te ha parecido él?

–Bueno, supongo que bien, por lo menos para ser un contable.

Belle sonrió divertida.

–A mí también me ha gustado. Carmen se va a alegrar mucho cuando se lo diga. Pero aun así, hay algo misterioso en él. Intentaré averiguar lo que es. Creo que tiene algún problema.

–¿Y dónde está durmiendo Slocum?

–Creo que ha puesto el colchón de una de las literas en el suelo de alguna habitación –respondió Belle vagamente, y colocó la almohada y la manta en el sofá.

Allí había algo que no encajaba. ¿No había en el piso de arriba otra habitación para Slocum? ¿Estaría durmiendo en el pasillo? Sin poder contener su curiosidad, Colt dejó a Belle en su estudio y subió sigilosamente las escaleras.

No, Slocum no estaba en el pasillo. Y tampoco estaba en el baño. Colt miró la puerta de la habitación que habían asignado a Mary. Y sintiéndose como un ladrón, escuchó detrás de la puerta.

Oyó a Mary hablar, y después un murmullo más grave. Definitivamente, se trataba de una voz de hombre. Apretó los puños y estuvo a punto de entrar en la habitación. Pero se contuvo a tiempo, tomo aire y bajó de nuevo al piso de abajo.

La puerta del estudio estaba cerrada. Probablemente Belle estaba ya en la cama. Estupendo. No quería verla. Por lo menos hasta que no hablara con aquel Casanova que estaba en la habitación de Mary.

Incapaz de tranquilizarse, fue a la cocina y se calentó una taza de café en el microondas. La luz de la luna se filtraba entre las nubes, proyectando extrañas sombras en la pradera sobre la que se agrupaba el ganado.

Se recordó a los diecinueve años, añorando tan desesperadamente el calor de un hogar que pensaba que iba a morir de soledad. Lily y Hal lo habían acogido en su casa. Y desde entonces, había pasado todas sus vacaciones con los Glamorgan.

Incluso después de que hubiera rechazado su oferta de matrimonio, Belle no había dejado de mandarle una postal para felicitarle todas las fiestas. Y Colt no estaba dispuesto a permitir que ningún tipo la utilizara para sus más infames propósitos.

Se sentía violentamente protector. El cariño de Belle no era algo que nadie pudiera tomarse a la ligera, y pensaba dejárselo claro a aquel frívolo abogado.

Un ruido irrumpió en sus pensamientos. Se volvió y encontró al causante de su enfado entrando en la cocina. Slocum sonrió y lo saludó con un gesto.

—Vengo a buscar un vaso de agua fresca para Mary, por si necesita tomar alguna pastilla durante la noche.

—¿Qué demonios te propones? —le preguntó Colt, haciendo un esfuerzo sobrehumano para dominar las ganas de estrellar a aquel sinvergüenza contra la pared.

Scolum llenó un vaso de agua y miró a Colt con extrañeza.

—Eh... supongo que no te importará que le ponga unos hielos...

–¿Qué demonios estás haciendo tú en la habitación de Mary?

–Oh –Slocum sonrió, como si hubiera comprendido de pronto la actitud de Colt–. Me he llevado uno de los colchones de la litera a su habitación. Quiero evitar la posibilidad de golpearla involuntariamente durante la noche.

–Entonces, vas a dormir con ella. Y Belle en el estudio. Maldita sea, Belle confía en ti, cree que eres un hombre sincero, pero yo ya sabía que tú y Mary erais algo más que amigos.

–No creo que mi relación con Mary sea asunto tuyo.

Colt consideró el placer que le causaría darle una buena paliza a aquel indeseable.

–Pues resulta que va a ser asunto mío –miró a Slocum con una sonrisa diabólica–. ¿Quieres que salgamos fuera?

–Dios mío, no. Es de noche, y además estoy descalzo –se acercó a la puerta, como si estuviera a punto de salir huyendo para ponerse a salvo.

–Pues yo sí. Nos veremos en el establo dentro de cinco minutos. Procura que no tenga que ir a buscarte –Colt salió lentamente de la cocina y subió a su dormitorio.

–Belle, ¿estás aquí?

Belle, que acababa de quedarse dormida, se sentó bruscamente en el sofá.

–¿Slocum? ¿Mary está bien? –encendió la lámpara de noche.

Slocum miró tras él y cerró la puerta del estudio.

–Creo que alguien se ha vuelto loco, Belle –dijo, acercándose nervioso al sofá.

–¿Mary? ¿Tiene una conmoción cerebral? Bueno, podemos llamar a un...

–No, no ha sido Mary. El que se ha vuelto loco ha sido Colter McKinnon.

–¿Colt? ¿Qué le ha pasado a Colt?

–Acaba de amenazarme con darme una paliza. De

verdad, lo ha hecho –insistió ante la incredulidad de Belle–. Ha dicho que nos veremos en el establo dentro de cinco minutos, y que si no estoy allí, vendrá a buscarme.

–¿Colt?

–Sí.

–¿Colt te ha dicho eso?

–Sí.

Belle se quitó la manta.

–Será mejor que vaya a ver lo que ocurre. ¿Está en el establo?

–Sí... bueno, creo que piensa que hay algo entre Mary y yo, y que no estoy siendo totalmente sincero contigo, o algo parecido.

Belle se puso los zapatos mientras Slocum subía corriendo al piso de arriba. Tras unos segundos de vacilación, decidió ir a asegurarse de que Colt no estaba en su dormitorio antes de salir. No, no estaba allí, sacudiendo la cabeza con pesar, tomó una chaqueta de lana y salió.

Soplaba un viento helado que parecía llegarle hasta los huesos. Sujetándose con fuerza la chaqueta para protegerse del frío, Belle llegó al establo.

–¿Colt? –lo llamó desde la puerta.

–Ese cobarde ha enviado a una mujer, en vez de enfrentarse personalmente a mí –se burló Colt.

–¿De qué diablos estás hablando? Slocum se cree que te has vuelto loco. Y como no me expliques pronto a qué se debe todo esto, voy a terminar pensando lo mismo.

Colt la miró malhumorado y se metió las manos en los bolsillos.

–No ha pasado nada, Belle.

–¿Ah, no? ¿Así que estás dispuesto a pelearte con uno de nuestros invitados en medio de la noche y quieres decir que no ha pasado nada? –suspiró exasperada–. Colt, Slocum es mi amigo, eso es todo.

–Ja. Menudo amigo.

Belle comprendió que había llegado el momento de confesarlo todo.

–Slocum y Mary están enamorados, pero el padre de Slocum desaprueba su relación. Ella le lleva siete años, está divorciada, pero su marido le dejó grandes deudas antes de separarse. Por eso el padre de Slocum piensa que va detrás de su dinero.

–¿Y entonces qué tienes tú que ver con él?

–Bueno, hemos fingido que estábamos saliendo juntos para que el padre de Slocum dejara de presionarlo mientras intentaba convencer a Mary de que le diera una oportunidad. Mary también piensa que no es la mujer adecuada para Slocum.

–Entonces, el día que salimos los cuatro fue una cita preparada para que pudieran verse...

Belle sonrió ante la rapidez de su deducción,

–Exacto. Slocum me habló de su problema el día que hicimos la fiesta en casa para que pudieras hablar con su padre.

–Así que has estado al corriente de todo desde el primer momento.

–Sí –retrocedió un paso.

Colt la siguió, mirándola con los ojos entrecerrados.

–¿Y por qué será que no me sorprende demasiado lo que estoy oyendo? Quizá porque Belle Glamorgan está en medio de todo esto –se contestó a sí mismo–. Porque donde quiera que haya un problema, allí está ella, dispuesta siempre a ayudar.

–Bueno, ahora que ya está todo aclarado, creo que será mejor que nos vayamos a la cama. Debería habértelo explicado...

–En absoluto. Esa no es tu forma de hacer las cosas. Has dejado que el padre de Slocum y yo pensáramos que había algo entre vosotros. Yo se lo comenté a él. Y ya tiene todo a punto para la boda, prácticamente sólo le falta encargar el champán.

Intentó acercarse a ella, pero Belle salió corriendo a toda velocidad hasta la casa, y una vez en el estudio, cerró la puerta. No echó el cerrojo. Sabía que si Colt estaba decidido a entrar, nada podría detenerlo.

Pasaron cinco minutos.

Y después otros cinco.

Belle permanecía sentada en el sofá, con la manta a su alrededor, esperando la llegada de Colt. Pero pasaron otros diez minutos. Oyó a Colt entrar en la casa, y dirigirse a su habitación. Cerró la puerta haciendo ruido suficiente para que Belle pudiera oírlo, pero sin alarmar a sus invitados.

Al cabo de otros diez minutos, Belle decidió que estaba a salvo. Dejó la chaqueta de lana en la silla y se acurrucó contra la almohada. Había un demonio al que tendría que enfrentarse al día siguiente. Su nombre era Colter McKinnon.

Para su sorpresa, Colt amaneció al día siguiente sonriente y relajado. Durante el desayuno, habló con Slocum.

–Te ruego que me perdones por lo que ocurrió anoche. Estaba confundido, pero Belle me sacó del error.

–No te preocupes –respondió Slocum con una aliviada sonrisa–. Por cierto, Mary y yo tenemos que daros una noticia. Al final he conseguido convencerla de que la vida es demasiado corta para no disfrutar de las cosas buenas que nos ofrece. Ha aceptado casarse conmigo y ya hemos puesto una fecha para la boda. Será el diecisiete de julio.

Belle estalló en carcajadas. Se levantó de la mesa y corrió a abrazar a la pareja.

–¿Os dais cuenta de lo poco que falta para la boda? Tenemos que empezar a prepararlo todo inmediatamente. Conozco un lugar ideal para preparar la tarta. *Monsieur* Pierre hace unos postres espectaculares.

–¿Ves? –le dijo Slocum a Mary–. Ya te dije que Belle nos haría algunas sugerencias. Suena maravilloso –le dijo a Belle–. ¿Y dónde podríamos celebrar la ceremonia? No tenemos demasiado dinero.

–¿Qué tal el parque del río?

Durante el resto de aquel largo fin del semana, estuvieron haciendo planes para la boda. Colt les ofreció celebrar el banquete en el club de campo.

–Consideradlo como una oferta de paz –les dijo.

Slocum y él intercambiaron sonrisas.

Al día siguiente era Cuatro de Julio. Después de merendar en el campo y contemplar los fuegos artificiales que prepararon en la localidad, todos los invitados se dirigieron a la ciudad. Belle hizo su equipaje y estuvo esperando mientras Colt hablaba con el capataz sobre los problemas del rancho.

Las vacas pastaban pacíficamente, acompañadas por sus becerros. Mientras las contemplaba, Belle pensó en lo rápido que pasaba el tiempo. Llevaba ya un mes viviendo con Colt. Se llevó una mano al pecho al sentir una intensar añoranza en el corazón.

–¿Qué te pasa? –le preguntó Colt al entrar en la cocina y encontrársela mirando por la ventana.

–Estaba pensando en la vida, en los hijos –contestó Belle suavemente.

Los pulmones de Colt dejaron de funcionar. El corazón le dio un vuelco de vértido. Y la sangre comenzó a correr a toda velocidad por sus venas. Inspiró y expiró varias veces hasta asegurarse de que tenía su cuerpo bajo control antes de hablar.

–¿Sigues pensando en tener seis hijos? –le preguntó bromeando. Cuando se le había declarado, Belle había confesado que quería tener media docena de hijos con él.

Belle lo miró por encima del hombro y sonrió, para volver de nuevo la cabeza hacia la ventana.

Colt era intensamente consciente de su feminidad. Y de lo etérea que de repente le parecía aquella Belle que había dejado de ser la niña que hasta entonces había conocido.

Le rodeaba un aura de meditación, de misterio. Parecía etérea, sí, pero al mismo tiempo, Colt era consciente de que era real, cálida, de que estaba viva...

Cuando posó la mano en su hombro, Belle se reclinó contra él, tocando suavemente su pecho. El corazón de

Colt comenzó a latir desbocadamente. Deseaba... en realidad no sabía lo que deseaba.

¿Deseaba a la antigua Belle, aquella niña en cuyo rostro se podía leer como se leía en las páginas de un libro?

¿O deseaba a la nueva Belle, una desconocida cuyos matices y sentimientos no conseguía identificar y que había estado a punto de volverlo loco de pasión?

–Nada permanece igual eternamente –comentó, expresando sus pensamientos en voz alta.

–¿Y te gustaría que lo hiciera?

Había una enorme cordura encerrada en aquella pregunta; la sabiduría y la cordura que había almacenado Belle durante sus veinte años de existencia. Colt volvió a sentirla envuelta en el misterio, mientras ella permanecía observando tranquilamente a los becerros tambaleándose en la pradera.

Y una repentina sensación de pérdida lo golpeó.

Belle se había ido... se había marchado para siempre su Belle, la dulce compañera que compartía todos sus pensamientos con él. Y allí, en su lugar, estaba aquella mujer, arrebatadoramente familiar, extrañamente diferente, aquella mujer nueva y encantadora.

Aquello lo confundía. Lo irritaba.

Y eso lo confundía todavía más.

Belle se volvió bruscamente hacia él.

–¿Ya estás listo?

–Sí –Colt tomó la cazadora y las llaves del coche y se dirigió hacia el garaje.

Una vez en la carretera, se sintió aliviado. Era como si acabara de estar al borde del abismo y sólo la intervención del destino le hubiera impedido caer en aquellas profundidades desconocidas.

–¿Qué te parece? –Kelley ajustó uno de los pliegues de blanco satén y se alejó un poco.

–Demasiado bonito para describirlo con palabras –dijo Belle, juntando las manos–. Mary, es precioso.

–La verdad es que no me parece bien vestirme de blanco. Ya no soy virgen –Mary señaló la hermosa tela, mirándola con inseguridad.

–Actualmente nadie presta atención a esos detalles –le aseguró Kelley–. Porque en caso contrario, el noventa y nueve por ciento de las novias tendría que casarse de otro color.

Belle palmeó cariñosamente el brazo de su amiga.

–El blanco significa pureza. Tú amas a Slocum y quieres lo mejor para él. Eso es pureza de corazón, que es la más importante.

A Mary se le llenaron los ojos de lágrimas.

–¿Crees que el padre de Slocum se enfadará mucho cuando se lo diga?

Belle asintió.

–Pero eso no importa. Sólo Slocum y tú podéis decidir la influencia que va a tener ese hombre en vuestras vidas. Los dos tenéis que establecer los límites y el señor Walters tendrá que respetarlos. Si no lo hace, entonces tendréis que limitaros a tener contacto con tu familia.

–Slocum está buscando trabajo en una firma de abogados. Está decidido a abandonar el negocio de su padre.

–Estupendo.

–Pero la verdad es que me siento culpable –le explicó Mary–. Es como si estuviera separándolo de su familia.

Kelley se agachó, clavó un par de alfileres en la falda del vestido y sacudió la cabeza con aire pensativo.

–Siempre lo hacen. Y supongo que nosotros se lo permitimos.

Belle y Mary se miraron la una a la otra, y después fijaron su atención en Kelley, que continuaba clavando alfileres metódicamente.

–Míranos... mírame a mí, a Mary y también a Leah.

Nuestros padres están intentando decidir quién debería ser incluído en nuestras vidas, quién debería importarnos... pero no son ellos los que viven solos y sintiéndose desgraciados. Somos nosostras.

–Tienes razón –afirmó Belle–. Si tuviéramos oportunidad de averiguarlo, ¿cuánto te apuestas a que tampoco a sus padres les gustaron las personas con las que decidieron casarse? No entiendo cómo no han aprendido a dejar que la gente viva sus propias vidas. Y eso incluye cometer sus propios errores.

–Nuestra mejor venganza será ser felices –le dijo Kelley a Mary.

Mary suspiró.

–Cuando os oigo me siento mucho mejor. Por cierto, ¿alguna de vosotras ha sabido algo de Dee esta semana?

–Oh, sí –exclamó Kelley animada–. Recibió cerca de cincuenta llamadas el fin de semana pasado. Dice que estuvo todo el día pegada al teléfono. Ha conseguido treinta y dos clientes. Ha contratado a dos mujeres que quieren trabajar a tiempo parcial. Vamos a ser socias.

–Ha hecho un gran trabajo. El cuestionario sobre lo que querían sus clientes era brillante...

–Ejem –carraspeó Kelley, frotándose las uñas en la blusa, felicitándose por haber sido la artífice de aquel brillante cuestionario.

–Y la idea de Slocum de hacer una oferta durante los tres primeros meses también fue muy buena –añadió Belle.

–¿Qué tal fueron las cosas entre Slocum y Colt? –preguntó Kelley–. ¿Tuvieron oportunidad de charlar?

Mary y Belle estallaron en carcajadas y a continuación Belle explicó:

–Colt descubrió a Slocum en el dormitorio de Mary y pensó que me estaba engañando.

–De modo que lo invitó a salir de la casa –añadió Mary, sin disimular la sorpresa que le produjo aquella conducta.

–Realmente lo invitó a encontrarse con él en los establos –la corrigió Belle–. Yo fui a buscarlo y le dije que dejara de comportarse como un idiota.

–Humm –Kelley se inclinó hacia atrás, se cruzó de brazos y estudió a Belle–. Así que ha decidido proteger a su único polluelo, ¿no es así?

Belle suspiró.

–Piensa que tiene que vigilarme de cerca porque me cree capaz de cometer cualquier imprudencia.

–Otra vez la famila –gimió Kelley, volviendo de nuevo a su tarea–. Sinceramente, Jamie y yo estamos ya a punto de dejar clara nuestra situación. Vamos a decirles que nos estamos viendo, y ellos verán lo que hacen.

–Bien por ti –exclamó Belle–. Y ahora volvamos a nuestro asunto. ¿Hay que añadir a alguien más a la lista de invitados? –le preguntó a Mary.

–Mi tía abuela dijo que vendría –gruñó Mary–. ¡Es imposible celebrar una boda con pocos invitados cuando se es pariente de la mitad del estado de Texas!

Belle permanecía asomada a la ventana del ático, observando a los coches y a los peatones pululando por las calles de Texas, bajo una inesperada lluvia. Era viernes por la noche y el tráfico estaba peor de lo habitual. Colt todavía no había llegado a casa. Llevaba todo el día en la oficina, reunido con sus abogados.

Belle suspiró y miró hacia las nubes. Al igual que el oscuro cielo, su humor era de lo más sombrío. La prueba del vestido de novia de Mary la había dejado por los suelos, rebosante de anhelos que ni siquiera se atrevía a nombrar.

Quizá esperara demasiado de la vida. Sabía que deseaba algo prohibido, pero también que no podía evitar lo que sentía... y le dolía profundamente.

Al oír la llave en la cerradura, se volvió y esperó a que Colt apareciera. Kelley había señalado que Colt la cuidaba como una gallina cuidaba de sus polluelos, pero Belle estaba segura, después de la pasión que habían compartido en el sofá, de que ya no la veía como a la hija de un buen amigo.

El corazón se le aceleró al recordar las extraordinarias sensaciones que había experimentando con él... el calor de sus cuerpos, la fragancia de su loción, el roce de su pecho contra sus senos, las caricias de sus manos, la dulzura de sus labios...

Un fiero dolor se extendió sobre ella. Sabía lo que echaba de menos. Y también que nunca lo tendría.

Amaba a Colter McKinnon. Así de sencillo. No era ya el amor incondicional de la adolescente lo que sentía por él, sino un amor de mujer. Anhelaba formar una familia con él, fundar un hogar, compartir con él el futuro.

Colt y su amor por él eran el centro de sus sueños.

Pero sabía que Colt había guardado sus sentimientos más íntimos tras una armadura inquebrantable. Había guardado su corazón con tanto cuidado como un guerrero en la batalla. Esa era la razón por la que había llegado a considerar la idea de casarse con una mujer a la que nunca podría amar.

La desesperación de amarlo sin tener ninguna esperanza la desolaba.

Colt entró en la habitación con su energía habitual, con sus maneras de hombre que tenía las cosas claras. Colt siempre parecía saber exactamente lo que estaba haciendo y hacia dónde iba. Y Belle habría dado cualquier cosa por tener también algún lugar al que ir, al que pertenecer...

—Mmm... huele muy bien —la saludó Colt sonriendo.

—Ya está lista la cena. He asado un pollo utilizando una receta de mi madre.

—Estupendo. ¿Te parece bien que me cambie antes de cenar?

—Desde luego. Tardaré unos diez minutos en poner la mesa.

Colt asintió y corrió hacia su habitación. Belle llevó la comida a la mesa, pensando mientras tanto en el pasado y en todas las noches que habían pasado juntos su madre, Colt y ella.

Resurgió en su interior un ya familiar sentimiento de nostalgia. Lo conocía bien de aquellos primeros días, semanas y meses que había pasado en el internado, cuando había tenido que renunciar al sueño de volver a casa, cuando había llorado noche tras noche en secreto, añorando a aquella madre a la que jamás volvería a ver.

Acababa de terminar de poner la mesa cuando Colt entró en la cocina con unos vaqueros cortos, una camiseta y los pies descalzos. Cuando tomó asiento, Belle lo imitó.

–Pollo, patatas fritas, judías y maíz –exclamó Colt complacido–. Mi plato favorito. Tu madre siempre me invitaba cuando hacía este plato.

–Tú y mi padre erais capaces de comeros un pollo cada uno –los ojos se le llenaron de lágrimas.

–Trabajar en los pozos de petróleo abre el apetito. A veces lo echo de menos. Las personas que trabajábamos en los pozos no teníamos que preocuparnos de ir al gimnasio o hacer ejercicio. De alguna manera, me parece un trabajo más honrado.

Belle intentaba no mirarlo mientras comían, pero no podía apartar los ojos de Colt. Cada vez que él alzaba la mirada, la joven miraba hacia su plato, pero sus ojos no tardaban en levantarse de nuevo hacia él.

Colt levantó en una de aquellas ocasiones la cabeza y la descubrió mirándolo.

–¿Qué ocurre? –le preguntó.

Belle se levantó de un salto y recogió los platos de la mesa.

–También tenemos postre. Pudding de plátanos.

Colt se echó a reír.

–Si por alguna razón estás intentando adularme, puedes estar segura de que está funcionando. No comía pudding desde... –se interrumpió bruscamente–. ¿Belle?

–¿Sí? –llevó la bandeja a la mesa y se sentó.

–Mírame –le ordenó Colt suavemente,

Por un momento, Belle temió que su tristeza se convirtiera en un torrente de lágrimas. Pero no lo hizo. Al contrario, fue capaz de esbozar una sonrisa y mirarlo directamente.

Colt la miró con el ceño fruncido.

–He sido un inconsciente –le dijo–. Estás acordándote de tu madre...

Belle sacudió la cabeza.

–No es eso. Es que... Mary ha estado probándose hoy su vestido de novia. Estaba preciosa.

Colt permaneció en silencio mientras se terminaban el postre y después la ayudó a recoger la cocina. Cuando Belle se dirigió al cuarto de estar, en vez de irse a su estudio como hacía casi todas las noches, la siguió.

Belle permanecía asomada a la ventana, observando la lluvia. En el reflejo del cristal, vio a Colt sentarse en uno de los sofás de cuero negro.

–¿Escogiste tú los muebles de esta habitación? –le preguntó Belle, señalando los sofás de cuero, las mesas de cristal, las sillas modulares y las lámparas. No se imaginaba a Colt en una tienda de muebles funcionales.

–No. El constructor contrató a algún diseñador. Cuando compré el ático ya estaba amueblado. ¿Por qué?

–Es un mobiliario demasiado impersonal –se volvió hacia él–. Perdona, no debería haber dicho eso, no es asunto mío.

Colt sonrió y Belle lo encontró irresistiblemente atractivo.

–Eso es algo que nunca te ha detenido –rió.

Belle se volvió de nuevo hacia la ventana.

–Parece que esta noche estás triste –dijo Colt, acercándose a ella y posando las manos en sus hombros.

–No es nada. La lluvia, la tormenta...

–Antes te gustaban. Cuando eras niña a Lily le costaba mucho mantenerte en casa cuando había tormenta.

–Cuando era una niña –repitió ella.

Colt percibía algo distinto en Belle, una tristeza que jamás había advertido en ella, ni siquiera cuando tras la muerte de sus padres, su cuerpo de niña temblaba de tristeza. Aquello era diferente, aunque él no era capaz de adivinar por qué. Belle se sentía herida y, por primera vez en su vida, Colt no sabía cómo ayudarla.

Le frotó los hombros y le acarició el cuello. Al final, sintió que la tensión cedía. Belle suspiró y apoyó la frente contra la ventana.

—Creo que será mejor que busque una casa para mí.

Colt se sintió sacudido por una oleada de enfado. Le hizo volverse y mirarlo a los ojos.

—¡No!

—Sí.

Y sin saber muy bien por qué lo hacía, Colt la besó.

Capítulo 7

LA PRIMERA reacción de Belle fue de sorpresa y absoluto deleite. Después, se permitió besarlo con toda la pasión que almacenaba en su corazón.

Sintió la vacilación de Colt, pero casi inmediatamente, éste la abrazó. Sus músculos se tensaban como si estuviera librando una batalla invisible. Después, la estrechó contra él, haciendo que todos y cada uno de los puntos de su cuerpo entraran en contacto. La besaba con ansiedad, pero, al mismo tiempo, con una delicadeza y una fuerza controlada que le hacían sentirse mimada, querida...

El rostro de Belle se cubrió de lágrimas que alcanzaron sus labios. Colt se separó ligeramente de ella y saboreó la sal de sus lágrimas con un suave gruñido. Él no quería llantos. Quería pasión. Quería que sus cuerpos se encontraran. Y quería que su reacción ante Belle no lo sorprendiera tanto.

Aquella era Belle, la niña, la mujer que había jurado proteger. Se suponía que debía orientarla hacia un buen matrimonio, y no seducirla. Había dado su palabra. Le había prometido a su padre que conseguiría un marido mejor que un simple peón, como habían sido ellos.

Y aunque fuera la cosa más difícil que había hecho a lo largo de su vida, se separó de ella. Belle lo observó con recelo, con los ojos ensombrecidos por pensamientos que Colt no conseguía adivinar.

—Esto no debería haber sucedido.

Un brillo de emoción cruzó el rostro de Belle, para desaparecer casi inmediatamente. Colt dedujo que había sido una ráfaga de dolor.

–No sería capaz de hacerte ningún daño, Belle –murmuró.

–Por lo menos intencionadamente –replicó con una tímida sonrisa que lo intrigó.

–¿Pero crees que podría hacértelo sin darme cuenta? ¿Cómo?

–Por ejemplo, cuando me besas y recuerdas que soy Belle. Y que por lo tanto, no me deseas.

Colt le enmarcó el rostro con las manos.

–Tontuela. Estoy temblando de deseo por ti. A veces no puedo dormir pensando en lo que podríamos hacer juntos.

Belle sacudió la cabeza.

–No te creo. Demuéstramelo –lo desafió. Y esbozó aquella traviesa sonrisa que al mismo tiempo fascinaba y enfadaba a Colt–. Venga, atrévete.

–No.

Pero era condenadamente difícil resistirse cuando Belle se restregaba contra él, mirándolo con los ojos nublados por la pasión.

¿Desde cuándo era Belle tan hermosa?

¿Y tan sexy?

Continuaba moviéndose contra él, acariciando su cuerpo con el suyo. El cuerpo de Colt se abrasaba de deseo. De deseo y de un sentimiento nacido en un lugar cercano a su pecho que Colt había protegido durante años. Un lugar demasiado sensible y vulnerable para dejarlo al descubierto.

–No –repitió con mucho más convencimiento. Retrocedió, giró y abandonó rápidamente la habitación y la tormenta que había estado a punto de desatarse en su interior.

–Darrel anuló una cita con Leah el sábado por la noche –le contó Carmen a Belle mientras tomaban un café en el escritorio de la primera.

Belle terminó el dulce que se estaba comiendo y se chupó los dedos.

–Mmm. Me gustaría encontrar una forma de poder seguirlo cuando anula una de esas citas. Estoy convencida de que está enamorado de Leah, pero hay algo que lo inquieta. En el rancho a veces lo encontraba ausente, distraído. Creo que está preocupado.

–Si tiene algún oscuro secreto, me gustaría que Leah lo supiera antes de que se casaran. Una novia ya tiene suficientes cosas de las que ocuparse sin necesidad de encontrarse con sorpresas extras.

–¿Te refieres a la insoportable manía de los hombres de dejar su ropa interior y los calcetines en el suelo cada vez que se acuestan? ¿O quizá a que no son capaces siquiera de enjuagar el lavabo cuando se afeitan?

–Mi ex–marido estuvo a punto de cargarse el mando a distancia de la televisión, pero lo amenacé con pegarle con él.

Belle soltó una carcajada.

–Colt es igual. Creo que es una actitud típica de los hombres. Dice que cambiando de canal puede seguir varios deportes a la vez.

Carmen la miró perpleja.

–¿Y también deja la ropa interior al lado de la cama?

–No lo sé. No estoy enterada de lo que ocurre en su dormitorio.

–Pero te gustaría estarlo, ¿verdad?

La joven todavía no estaba preparada para admitirlo públicamente,

–Estás enamorada –le dijo Carmen, mirando hacia la puerta de Colt para asegurarse de que estaba cerrada.

–Haría falta ser una estúpida para enamorarse de Colt. Tiene el corazón completamente endurecido. Creo que alguien le hizo daño una vez, alguien en quien él confiaba. Así que, si sólo le interesan las mujeres como Marsha, se merecerá todo lo que le ocurra con ellas.

–Lo quieres –concluyó Carmen.

–Por supuesto que lo quiero. Ha formado parte de mi vida desde que yo tenía cinco años.

–No, lo que digo es que estás enamorada.

Belle se encogió estóicamente de hombros al encon-

trarse con la sonrisa conocedora y compasiva de su amiga.
Carmen le palmeó la mano.

–Procura no sufrir por ello. Las cosas siempre encuentran la forma de solucionarse.

–¿Entonces por qué estás preocupada por Leah y por Darrel?

Carmen suspiró.

–Me gustaría saber lo que está pasando.

Colt salió en ese momento de su despacho y se detuvo frente al escritorio. El aire pareció espesarse. Belle contuvo la respiración durante algunos segundos, y después la soltó lentamente. Hasta que no hubo recobrado la compostura, no se atrevió a mirarlo a los ojos.

Colt se dirigió a Carmen.

–Voy a estar fuera durante el resto del día. Slocum y yo tenemos que examinar las condiciones en las que se encuentra la nueva compañía.

Eso le recordó a Belle algo que se le había ocurrido mientras hablaba con Mary el día anterior.

–Oh, Colt, acabo de tener una idea... eh, está bien. Quizá sea mejor que lo piense mejor. Lo hablaremos esta noche –y le dirigió una brillante sonrisa.

Colt la observó sin decir nada durante una eternidad. Tenía la mirada sombría, como si algo lo preocupara, pero Belle no era capaz de averiguar lo que era.

–Es posible que llegue tarde a casa.

–¿No vas a cenar en casa?

–No –contestó, y se marchó sin decir una sola palabra. En cuanto desapareció, la tensión disminuyó considerablemente.

–Bien, bien, bien. ¿No crees que está enfadado por algo? –comentó Carmen, en realidad no era una pregunta.

Belle se olvidó inmediatamente de todos sus problemas para interesarse por los de Colt.

–¿Qué crees que va mal?

Carmen se encogió de hombros.

–El tiempo nos lo dirá. ¿Sabes? Ya le hemos encargado la tarta a Pierre. Y el vestido ya está terminado.

Mientras revisaban la lista de tareas pendientes para la boda, Belle volvió a tener la sensación de que el tiempo pasaba y ella continuaba perdiéndose las cosas realmente importantes de la vida. Durante el resto del día estuvo muy pensativa. La oficina le parecía aburrida y gris sin la dinámica presencia de Colt.

A las cinco menos cuarto de la tarde, recibieron una llamada de un representante que la mantuvo ocupada hasta las seis, de manera que Belle fue la última en salir de la oficina.

Una vez en la calle, se dedicó a deambular por las bulliciosas calles de la ciudad. Estuvo mirando escaparates y al final se detuvo en una pizzería para cenar. Después de comer con desgana una porción de pizza, fue caminando lentamente hasta su casa.

A medio camino, decidió atajar por un pequeño parque. Aunque eran más de las siete, todavía era de día, de modo que no había ningún peligro. No había dado dos pasos cuando se detuvo a mirar un lecho de flores repleto de capullos. Era tan bonito que se le encogió el corazón.

La melancolía inherente a la belleza la sobrecogió. Casi temblaba ante la intensidad de aquellos colores, ante la fragilidad y suavidad de las flores. Ante su brevedad. Una estación y ¡paf! se habrían ido.

Los ojos se le llenaron de lágrimas.

Impacientándose consigo misma, se las secó con la mano. Estaba llorando encima de la flores, por el amor de Dios. Tenía que superar aquel sentimiento, tenía que olvidarse de aquel amor imposible.

Giró sobre sus talones y pensó en su futuro. Todo el mundo tenía cosas que aprender en la vida. Belle sabía que era inútil desear lo imposible.

Continuó caminando y se adentró por un pequeño bosquecillo de árboles hasta llegar a una zona de juegos. A un lado había un viejo quiosco, uno de esos quioscos en los que tocaban las orquestas en verano. Belle se acercó a él para admirarlo.

Vio que una pareja se detenía al otro lado del quiosco.

A través del hierro forjado, Belle vio que el hombre se inclinaba hacia la mujer. Ésta miraba hacia abajo, como si estuviera avergonzada... o como si la estuvieran regañando.

Por la postura y los gestos del hombre, era evidente que estaba tenso y enfadado. Y de pronto lo reconoció.

Aquel era Darrel, el prometido de Leah.

Carmen tenía razón. Estaba viéndose con otra mujer. Al ver que le tendía a aquella desconocida un fajo de billetes, gimió.

¡Chantaje!

Belle se llevó las manos al pecho. Aquella era la única explicación posible. Aquella mujer debía de saber algo sobre Darrel y éste se veía atrapado entre su amor por Leah y su deseo de protegerla de lo que aquella horrible mujer...

Pero no. No hacía falta ir tan lejos. Quizá se tratara de algo mucho más sencillo. Aquella mujer podía haberle prestado dinero y él estaba pagándoselo.

No, no podía ser eso tampoco.

Belle intentaba pensar posibles razones para que Darrel estuviera entregando dinero a una desconocida en un parque. Y no se le ocurría nada.

Vio que Darrel sacudía el brazo con un gesto furioso. La mujer alzó la cabeza con expresión desafiante y Belle vio que era bastante mayor que Darrel. Más confundida todavía, vaciló pensando en la posibilidad de acercarse a ellos y pedirle a Darrel que le presentara a su acompañante.

Cuando Darrel y la mujer se separaron, marchándose cada uno de ellos en una dirección, Belle pensó rápidamente a quién debía seguir. Al final, optó por la mujer.

A las diez, Belle escuchó la llave de Colt en la cerradura. La fatiga se reflejaba en cada uno de sus gestos, de modo que la joven decidió retrasar el momento de darle la noticia hasta que se hubiera relajado un poco.

–¿Qué tal ha ido esa reunión con el señor Walters? Creía que la venta ya se había realizado.

–Y realmente ya está todo terminado. El problema es que no tenemos un director para la nueva división. Hasta ahora, Henry ha dirigido esa parte del negocio a través de su ayudante y de sus hijos.

–¿Y por qué no contratar a Slocum? Ha estado trabajando allí durante toda su vida. Posiblemente él y su hermano sepan mucho más que su padre.

Colt, que estaba desatándose la corbata, se detuvo y la miró con los ojos entrecerrados, como si sospechara que pudiera haber algún motivo oculto detrás de su sugerencia.

–Slocum, ¿eh? –dejó la corbata y la chaqueta en una silla, se quitó los zapatos y se desabrochó el cuello de la camisa.

Belle estaba entusiasmada al pensar que estaba considerando su propuesta.

–Ayer tuvo una entrevista con una firma de abogados, creo que deberías ponerte en contacto con él antes de que aceptara.

–¿Va a dejar de trabajar con su padre?

Belle asintió y fue a colgar la chaqueta de Colt en el armario. Antes de que hubiera terminado, Colt se la quitó de las manos.

–No estás aquí para cuidarme –prácticamente gruñó–. Soy un hombre adulto, puedo ocuparme de mis cosas.

–Bueno, bueno. Perdóname –replicó ella, empezando a hartarse ya de su actitud. Llevaba toda la semana mostrándose de lo más desagradable.

Belle había intentado ser considerada con él, sobre todo en ese momento, cuando se moría de ganas por contarle su encuentro con Darrell y con aquella extraña mujer. Tuvo que morderse la lengua para no estallar.

–¿Te apetece un trozo de pastel de zanahorias?

Colt suspiró y colgó la chaqueta de una percha.

–Siento haber sido tan gruñón. Ha sido un día muy

duro. Una semana dura. Un mes en realidad –terminó diciendo con una de sus cínicas sonrisas.

–¿Por mi culpa?

Colt vaciló antes de contestar.

–Por nosotros. Somos dos especies de la raza humana como los demás. Y la proximidad nos causa problemas.

–Te deseo desde hace mucho más de un mes –dijo Belle con una terrible tristeza–. Pero el deseo no es el verdadero problema. Creo que tienes miedo de dejar que alguien traspase los límites que tú has impuesto. Podría acercarse demasiado... y descubrir al verdadero Colt.

Colt se llevó la mano a la cintura.

–No estoy de humor para soportar sesiones de psicología doméstica, Belle.

–¿Tan mal tipo es? –Belle se acercó a él, ignorando su comentario, y posó la mano en su corazón–. ¿Acaso su corazón no late de esperanza y desesperación, como todos los demás?

Colt le apartó la mano. Belle le acarició entonces la mejilla.

–Porque el Colt al que yo conozco, sería capaz de dar su vida para evitar que cualquiera de sus amigos sufriera. El hombre al que yo conocí me consoló cuando la tristeza era insoportable y compartió mis lágrimas. Me cuidó cuando sentía nostalgia y ahuyentó mis miedos. Escuchaba mis sueños sin reírse. ¿De verdad es tan mal tipo?

Colt la agarró la muñeca y la apartó de él, pero Belle podía sentir su calor sobre ella, calmándola y excitándola al mismo tiempo. La certeza de su amor por él crecía. Y también la certeza de su rechazo. Colt no decía nada, pero a Belle le bastaba con su mirada, dura como el granito.

–De acuerdo –dijo Belle, aceptando su deseo de estar a solas.

–No te adelantes tanto, pequeña –le dijo entonces –. Algún día, algún hombre pensará que eres la cosa más maravillosa del mundo después del chocolate. Procura tener un poco de paciencia.

Y tras esa homilía, se dirigió a su dormitorio.

–Ten cuidado con lo que predicas –le gritó Belle–. Algún día podrías tener que comerte tus propias palabras.

Colt se detuvo y se volvió hacia ella.

–El chocolate es uno de mis dulces favoritos –y, sin más, se metió en su habitación y cerró la puerta riendo.

Belle se inclinó contra la pared, sintiendo que las piernas le temblaban y más confundida que nunca con su actitud. ¿La quería, o no la quería?

–Esa es la cuestión –declamó en voz alta.

Después de los contratiempos de la noche anterior, Belle decidió no incluir a Colt en sus planes para el fin de semana.

El sábado por la mañana se puso unos vaqueros, unas zapatillas de deportes y una camisa, y tras un rápido desayuno, dejó una nota pegada en la nevera y salió.

A los diez minutos estaba en el parque y por allí estuvo merodeando hasta el mediodía.

Y justo cuando había renunciado ya a ver a la mujer que había descubierto hablando con Darrel, ésta apareció.

O quizá fuera mejor decir que emergió. Aparentemente, la mujer con la que Darrel se encontraba vivía debajo del quiosco. El día anterior, tras mirar atentamente a su alrededor, la mujer había apartado una pieza de la celosía y había desaparecido tras ella. Aquello era verdaderamente extraño.

Sin dudarlo un segundo, siguió a la mujer a una discreta distancia.

La mujer se dedicó a recoger todas las latas y botellas de la zona y, tras meterlas en una bolsa que sacó de su bolsillo, se dirigió a un bar y pidió comida.

Sus ropas eran también muy extrañas, pensó Belle.

Iba vestida con unos pantalones, una camisa y un abrigo negro hasta los pies.

Belle se compró una barrita de caramelo en el supermercado que había frente al bar y regresó a sus labores de vigilancia. Durante el resto del día estuvo siguiendo a la mujer, que continuó recogiendo latas y botellas para dirigirse finalmente de nuevo hacia el quiosco. Por el camino, se le cayó una de las bolsas y se agachó a recogerla.

Belle se adelantó inmediatamente.

—Déjeme ayudarla —le pidió, y le recogió la bolsa—. ¿Hacia dónde va?

La mujer la miró con recelo.

—Eso no es asunto suyo. Deje ahora mismo mis latas o gritaré. Tengo buenos amigos, ¿sabe?

Belle estaba completamente segura de que aquello era un farol.

—Me llamó Darrel y... bueno, Darrel es amigo mío —contuvo la respiración mientras esperaba la reacción de aquella mujer al oír sus palabras.

—¿Darrel?

—Sí, Darrel. Ayer estuvo hablando con él, ¿no lo recuerda?

—Claro que me acuerdo. No estoy loca —señaló la bolsa y dijo con impaciencia—: Venga, vamos, el centro no está abierto toda la noche.

Belle se llevó el saco a la espalda. Se sentía como una vagabunda al sentir sobre ella las miradas de la gente con la que se cruzaban. La mujer la condujo hasta un centro de reciclaje.

La mujer que las recibió, conocía ya a la compañera de Belle.

—Pat, ¿qué tal te va? Hoy traes una buena carga. ¿Quién es esta amiga que ha venido a ayudarte?

—No es amiga mía. La ha enviado mi hijo. Probablemente pertenezca a los servicios sociales del ayuntamiento.

A Belle se le cayó la bolsa de las manos. Así que aquella era la madre de Darrel.

–No, en realidad no tengo nada que ver con el ayuntamiento. Simplemente nos hemos encontrado. Entonces, ¿usted es la madre de Darrel?

La mujer del centro tomó las latas, las contó y tras hacer la cuenta le dio a Pat algún dinero.

–Gracias, Julie. Te veré la semana que viene –se despidió Pat y se dirigió de nuevo hacia la calle.

Belle continuó siguiéndola.

–Señora Henderson...

–Supongo que Darrel quiere que me convenzas de que me vaya a vivir con él. No voy a ir. No pienso depender ni de mi hijo ni de nadie para tener una casa,

–¿Se dedica a vender latas y botellas vacías para vivir? –le preguntó Belle.

–Antes trabajaba en una oficina, pero la empresa quebró y tuve que marcharme. Eso ocurrió hace diecinueve meses. Nadie está dispuesto a contratar a una mujer de cincuenta y tres años y sin carrera. Perdí mi apartamento, pero no acepto la caridad. Mi maridó está muerto, pero cuento con una pensión, de modo que no soy ninguna indigente.

–Ya veo... Y... ¿Vive debajo del quiosco?

–Sí. Es un lugar bastante cómodo.

Belle asintió. Estaba empezando a comprender algunas cosas. Cuando llegaron al parque, iba tan perdida en sus propios pensamientos que cuando vio a Darrel ya era demasiado tarde para que intentara esconderse. Le dirigió una sonrisa radiante.

–Tu madre y yo hemos tenido un día muy ocupado –le dijo.

Darrel se sonrojó violentamente.

–No está loca, Belle. El médico dice que sólo es una especie de neurosis. Ella y mi abuela tuvieron que vivir con la familia de mi padre durante una época. Les hicieron la vida imposible, de modo que ahora no quiere vivir con nadie, ni siquiera conmigo.

–Lo comprendo. ¿Y cuándo se la vas a presentar a Leah?

–¿Quién es Leah? –preguntó Pat.

–Mi prometida –contestó Darrel al ver que Belle no lo hacía.

Pat esbozó una sonrisa radiante.

–Ya es hora de que pienses en casarte. Quiero tener una docena de nietos.

Darrel ignoró aquel comentario.

–Mamá, no has venido a mi casa durante toda la semana.

–He estado muy ocupada. La noche de la tormenta la pasé en casa de Ida. Es una de las mujeres que trabaja en el centro.

Darrel parecía desolado.

–Tengo una idea –dijo de repente Belle. Era algo que se le acababa de ocurrir–. Dee y Kelley necesitan una recepcionista que atienda el teléfono y asigne a las asistentas las casas que tienen que limpiar. De momento están trabajando en el apartamento de Kelley, y utilizan su contestador, Pat podría ocuparse del teléfono y rellenar también algunos huecos.

–Claro. No me importa dedicarme a limpiar casas.

Belle y Pat miraron a Darrel, que volvió a sonrojarse.

–Por mí, estupendo, pero no puedes continuar viviendo bajo un quiosco.

–Podrá pagar el alquiler de un apartamento en cuanto empiece a trabajar. Pero hasta entonces, necesitará un teléfono. ¿Por qué no piensa en la posibilidad de quedarse en casa de Darrel hasta que pueda alquilar su propia casa?

–Supongo que es una buena idea. Pero sólo durante una temporada,

Darrel sacudió la cabeza.

–No puedo creerme que sea tan fácil. Llevo meses discutiendo con ella y...

–Supongo que hacía falta que todo el mundo pusiera algo de su parte –lo interrumpió Belle–. Pat, ¿por qué no viene a conocer a Kelley y a Dee mañana por la noche? Las he invitado a cenar a mi casa. También estáis invitados tú y Leah, Darrel.

Belle arregló rápidamente la cita y convenció a Pat para que se fuera a casa de Darrel. Durante el camino hacia el ático, decidió que si su oferta de trabajo para Pat no resultaba, hablaría con Colt para que la contratara. Una de las recepcionistas estaba embarazada y faltaban sólo tres meses para que se diera de baja.

Cuando llegó al ático, entró corriendo para contarle a Colt las nuevas noticias. Pero la casa estaba vacía. En el refrigerador había una nota en la que le decía que se había marchado al rancho.

Sin invitarla a ella.

Colt cabalgó hasta agotarse y tras desmontar su caballo, se dirigió a la casa del rancho. La encontró completamente a oscuras. Se había olvidado de dejar una luz encendida.

Se duchó, se vistió y se dirigió a una pequeña localidad que estaba a sólo unos kilómetros del rancho. Aparcó el coche frente a un bar del que escapaban luces y risas y entró.

Las luces eran tenues y la música tampoco era estridente. Parecía un lugar adecuado para olvidarse de su principal problema: Belle.

Se sentó en un taburete situado en una esquina y pidió una cerveza. Repitió y se volvió para ver a las parejas que bailaban en la pista; se agarraban con fuerza, como si temieran que un soplo de viento pudiera separarlos en cualquier momento.

Colt hizo una mueca. Aquella noche estaba de un pésimo humor.

Había tres mujeres en la barra. Dos de ellas se acercaron a dos muchachos del bar. La tercera se quedó sola en la barra. Se miraron. La mujer sonrió.

Colt asintió y se volvió para terminar de dar cuenta de su bebida.

Al cabo de unos diez minutos, escuchó una voz tras él:

–Hola. Parece que estás solo, vaquero.

Colt giró hacia la mujer. Desde el otro extremo de la barra, los observaban sus amigas y sus respectivos acompañantes sonriendo divertidos. Probablemente habían sido ellos los que le habían propuesto que se acercara.

–Sí, estoy solo.

–Yo también –se sentó en otro taburete a su lado–. Quizá si nos juntamos podamos ahuyentar la soledad.

–Claro. ¿Te apetece beber algo?

–Un refresco. No me gusta mucho la cerveza.

–También hay vino, o champán.

Se iluminó su mirada.

–Champán, por favor. Me llamo Sue.

–Y yo Colt.

Sue rió y pestañeó con coquetería.

–Ya nos lo habíamos imaginado. No se ven muchas caras nuevas por aquí.

–¿Por qué no se reunen tus amigos con nosotros en una mesa? –recogió su cerveza y le pidió el champán al camarero.

La noche transcurrió de forma agradable. A las dos, cuando empezaron a apagar las luces del local, Colt vio que Sue intercambiaba miradas con una de sus amigas. Comprendió que esperaban la llevara a su casa. Durante un par de segundos, contempló él mismo aquella posibilidad.

–Bueno –comentó–, ha sido una noche divertida. Espero que volvamos a vernos, ya que somos vecinos. Gracias por hacerme compañía.

Ya en su coche, se preguntó por qué no había aceptado la inconfundible invitación de Sue.

Una vez en su casa, entró a oscuras hasta la cocina. Cuando llegó, encendió la luz y se quedó mirando la habitación vacía como si nunca hubiera estado allí.

Había sido un error llevar a Belle al rancho. Su presencia lo seguiría siempre allí, como lo hacía ya en su apartamento. Belle invadía de luz y alegría cada una de las habitaciones que pisaba. Su ausencia dejaba un triste vacío en todos los lugares en los que había estado.

Colt apagó la luz y se dirigió a su dormitorio. Se desnudó y se metió en la cama, decidido a no pensar en nada, y menos en Belle.

Pero sabía que lo haría. Y lo hizo.

Una hora después se levantó y se dirigió a la ciudad.

Capítulo 8

EL APARTAMENTO estaba suavemente ilumi-
nado cuando Colt entró en medio de la noche. Se
oían voces procedentes de la televisión. Un jarrón
lleno de rosas añadía una delicada fragancia a la habitación.

Entró y descubrió a Belle dormida en el sofá.

Colt se dirigió a su dormitorio, se puso los pantalones de un chándal y una camiseta, y se dirigió a la cocina a buscar algo de comer. Ni siquiera había cenado.

Estaba preparándose un sandwich cuando llegó Belle.

—Hay pollo en el refrigerador.

—Estupendo. Me basta con esto.

—He invitado a Carmen y a Leah a cenar —le contó
Belle—. También han venido Darrel y su madre.

—Así que has organizado una reunión para que vayan
preparándose para el gran día, ¿verdad? —preguntó Colt
con sarcasmo.

Belle fingió no advertir su ironía.

—Pues sí. ¿Sabes que la madre de Darrel vivía en la
calle, y que era ella la mujer con la que se veía? Pensaba
que Leah y Carmen creerían que su familia estaba loca
si se enteraban de lo que ocurría.

Colt la escuchó atentamente mientras ella le expli-
caba la situación.

—Así que te fuiste al parque y te dedicaste a seguir a
una desconocida.

—Era la madre de Darrel.

—Pero entonces tú no lo sabías —intentó controlar su
enfado, pero no lo consiguió—. ¿Es que no tienes sentido

común? ¿Qué hubiera ocurrido si estuviera realmente loca, o si fuera una asesina en serie, o traficante de drogas?

–No lo parecía. Iba muy limpia, y parecía muy trabajadora.

–Debería haberte llevado al rancho. No se te puede dejar sola.

–¿Y puede saberse por qué no lo has hecho?

La atmósfera se cargó considerablemente.

–Necesitaba tiempo para estar solo. Me apetecía estar con alguna mujer.

Belle se sonrojó e inmediatamente palideció, pero no pestañeó.

–¿Y has encontrado alguna disponible?

–Sí.

–¿Y la has llevado al rancho?

–He pensado en ello –se volvió hacia el fregadero para lavar su vaso. Cuando volvió a mirarla, Belle estaba ya en la puerta de la cocina, como si quisiera poner cierta distancia entre ellos.

–En cuanto a la madre de Darrel –dijo como si no hubieran interrumpido la conversación anterior–. Me pregunto si podría ocupar el puesto de la recepcionista cuando tome la baja. Para entonces, Dee ya habrá dejado su trabajo y se dedicará por completo a la empresa.

Colt advirtió que, mientras hablaba, Belle evitaba mirarlo. Y le resultaba imposible averiguar por su expresión lo que estaba pensando.

La antigua Belle se habría echado a llorar si hubiera herido de aquella forma sus sentimientos. Pero la nueva Belle era una persona diferente.

–Entonces, ¿qué te parece la idea de contratar a la madre de Darrel en la oficina? Tiene mucha experiencia y es una mujer muy agradable.

–Podemos intentarlo. Dile a Carmen que nos prepare una entrevista.

–Lo haré. Gracias –contestó Belle tranquilamente–. Carmen está entusiasmada con Pat. Debe de ser muy duro estar preocupada porque una hija pueda estar a punto de cometer uno de los errores más grandes de su vida.

—Alguna vez deberías probar lo que es ser un tutor. Me parece que es mucho peor —contestó Colt con cinismo.

El color volvió de nuevo a las mejillas de Belle.

—Dentro de tres meses ya habrán terminado tus obligaciones.

—Si decido que ya eres digna de confianza.

Belle inclinó la cabeza hacia un lado.

—Lo harás. Porque en caso contrario, pediré una auditoría, y como me falte un sólo penique te llevaré a los tribunales.

Colt se quedó de piedra. Belle, la mismísima Belle, lo había amenazado. En cuanto consiguió hacer reaccionar a sus músculos, comenzó a caminar a grandes zancadas por la cocina. Su furia aumentaba a cada paso.

—Me dejaba la piel trabajando para que Hal pudiera jugar al póker con sus amigotes y tu pudieras asistir a los mejores colegios de los Estados Unidos y viajar durante el verano por todo el mundo. Estudié los mercados y aprendí más de lo que deseaba saber sobre inversiones y seguros para que pudieras tener una vida fácil.

Y no sólo eso, también aprendí a leer a Shakespeare y a Milton, y a docenas de escritores y poetas para que pudieras hablar con alguien sobre tus estudios. ¿Y esto es todo el agradecimiento que consigo a cambio? ¿Una amenaza? —sonrió con crueldad—. Pero probablemente crees que esa era mi obligación, ¿verdad? —y se marchó de la cocina diciéndose que debería dejar que se casara con ella cualquier cazafortunas.

Belle se metió en su habitación, la habitación de los invitados, se recordó a sí misma con crueldad. Miles de sentimientos se agolpaban en su garganta, que le ardía por culpa de las lágrimas acumuladas, por la tristeza de los últimos ocho años que había pasado de la Ceca a la Meca, por no contar con ningún lugar en el mundo que pudiera considerar completamente suyo.

Belle se sentó en la cama, se abrazó a la almohada y comenzó a llorar. La cabeza estaba a punto de estallarle.

Todas las promesas de la vida, las brillantes esperanzas que abrigaba al volver a Texas habían ensombrecido bajo los más oscuros presagios.

De pronto, la puerta se abrió unos centímetros, dejando pasar un haz de luz en la habitación. Belle pestañeó como si le dolieran los ojos.

Colt se metió en la habitación. Parecía furioso, enfadado. Pero a Belle no le importaba. En ese momento, podría haberla amenazado con una pistola y ella ni siquiera se hubiera movido.

—No —dijo Colt casi en un gruñido.

Belle lo miró abiertamente, agradeciendo la oscuridad. Le resultaba más fácil enfrentarse de esa forma a Colt McKinnon.

Colt. Su tutor. Su protector.

La ironía era terrible, pensó Belle, mientras se esforzaba por contener el llanto. Preferiría morir a llorar delante de Colt. O a confesarle sus esperanzas y sus sueños. Por fin, tras un mes de convivencia, había comprendido lo estúpido que había sido presentearse en su casa.

Colt avanzó y se sentó a su lado en la cama.

—No —volvió a decir, en aquella ocasión con voz más suave, pero todavía no exenta de crueldad. Acarició su rostro, pero Belle no se movió. Sentía la frialdad de la mano de Colt contra su rostro—. No llores.

—No estoy llorando —logró contestar, y volvió a refugiarse dentro de sí misma, negándose a hablar.

—Estaba enfadado. Cuando me has amenazado, me he sentido como si me hubiera subido de golpe toda la sangre a la cabeza —fue al baño y regresó con una toalla húmeda con la que le frotó los ojos y las mejillas—. Túmbate —le aconsejó. Se levantó y apartó las sábanas.

Belle permanecía sentada en la cama, abrazada a la almohada y sin poder mirarlo.

—Belle, lo siento. No pretendía hacerte daño...

Pero me lo has hecho.

Colt se pasó la mano por la cara.

—De acuerdo, te hecho daño. Pero tú me has hecho enfadarme con esa amenaza. Jamás he tocado un solo penique de tu dinero, y esperaba que lo supieras.

—Y lo sé. Pero lo he dicho porque...

—¿Porque?

Porque no podía soportar que se hubiera ido con otra mujer. Pero no podía decírselo. No tenía ningún derecho sobre él. Ninguna mujer lo tendría jamás.

Suspiró. Sus sueños estaban absolutamente maltrechos.

—Dejémoslo. Ambos estamos cansados y terminaremos diciendo cosas de las que nos arrepentiremos.

Colt acarició su hombro y la urgió a tumbarse en la cama. Belle cedió, y permitió que la tapara con la sábana. Y cuando se inclinó sobre ella para darle un beso de buenas noches, tampoco protestó.

No le sonrió al verlo fruncir el ceño y pasarse nervioso la mano por el pelo. De pronto, Colt volvió a inclinarse y se apoderó de su boca, como si no se hubiera dado por satisfecho con el primer beso.

Y tan inesperadamente como la había besado, hundió las manos en su pelo y profundizó su beso. Belle sentía que estaba demandando una respuesta, sentía la urgencia de su boca contra la suya. Su lengua acariciaba sus labios, pidiéndole permiso para entrar.

Belle suspiró, entreabrió sus labios y, casi sin ser consciente de lo que hacía, lo abrazó.

Colt se dejó caer en la cama. Los residuos de su enfado sobrevivían incrustados en aquel beso. La delicadeza que siempre formaba parte de sus caricias había desaparecido y en ese momento sólo había entre ellos puro deseo.

Belle se sentía llena de júbilo, y al mismo tiempo de

enfado ante la incapacidad de Colt para darse cuenta de todo lo que podía llegar a haber entre ellos.

—Nada por debajo de la cintura —dijo Colt con voz ronca, mientras la liberaba de su camiseta y se quitaba él mismo la suya.

Su pecho caliente acarició sus senos. Belle gimió, casi no podía respirar.

—Pero el deseo es tan terrible como si tuviera un monstruo royéndome las entrañas —le intentó explicar.

—¿Y crees que no lo sé? —le mordisqueó el hombro, después el brazo y a continuación besó su boca para ir descendiendo hasta sus senos.

Belle le acarició la espalda, bajó las manos hasta la cintura de su pantalón y comenzó a acariciarle el trasero.

—Esto no puede continuar —protestó Colt, estrechándose al mismo tiempo contra ella.

—¿Por qué?

—Porque...

—Ya lo sé. Porque no tengo buenos contactos.

—¿Contactos?

Colt se incorporó y la miró fijamente.

—¿Contactos?

—Como Marsha, o como las chicas como ella.

—Belle —repuso Colt obviamente exasperado—, tienes todos los contactos que puedes necesitar. Me tienes a mí y tienes a Gulfco detrás. Eres la mujer ideal para cualquier hombre del estado. ¿Entendido?

Para cualquiera, menos para él.

—Sí. Entendido —le acarició la espalda y hundió los dedos en su pelo, adorando su textura—. Bésame otra vez.

—Debo de haberme vuelto loco —se quejó Colt con un gemido.

Pero la besó. Estuvieron besándose durante horas, hasta que se lo permitieron sus labios. Y fue increíblemente maravilloso.

Pero de pronto, Colt se separó de ella y le pidió que durmiera.

Belle no sabía si atreverse a dormir. Ningún sueño podía superara al que acababa de vivir. Suspiró y se acurrucó contra él. Lo último que oyó antes de conciliar el sueño fue el latido de su corazón.

Belle se despertó sobresaltada, dio media vuelta y vio a Colt sentado a un lado de la cama.

–No puedo creer que haya dormido aquí –musitó él. Parecía muy enfadado.

–¿Qué es lo que no puedes creer? ¿Que hayas dormido conmigo? –arqueó una ceja– ¿O que te hayas limitado a dormir?

Colt se levantó rápidamente.

–No sabía que tenías una lengua tan afilada. Es un aspecto de tu personalidad que no conocía.

–Todos tenemos facetas ocultas –lo miró a los ojos–. Tú, por ejemplo, tienes vicios secretos.

–Los celos no son ninguna virtud.

Belle no se dejó aplacar.

–Sí, estoy celosa de la mujer a la que fuiste a buscar anoche. ¿Qué podía ofrecerte ella que no tenga yo?

Colt se metió en el baño y se lavó la cara con agua fría antes de volver al dormitorio. Belle estaba apoyada contra las almohadas con una calma sobrecogedora, como si estuviera en el ojo de un huracán.

–No quiero complicaciones –Colt caminó hasta la puerta–. Ni culpas, ni ataduras...

–¿Te he pedido yo algo de eso? –lo desafió–. ¿Te he pedido acaso amor eterno? ¿He hecho algo que pudiera indicar que busco algo más que la pasión del momento?

Colt la miró a los ojos.

–Belle, estás más que dispuesta a enamorarte –replicó, harto de discutir–. No quiero verme involucrado en tu cuento de hadas, y mucho menos en el dolor que seguramente lo seguirá cuando averigües que tu príncipe azul era en realidad una rana.

–¿Se puede saber de qué demonios estás hablando?

–De la vida real, pequeña.

–Jamás he confundido la fantasía con la realidad. Mi padre y tú descubristeis petróleo. Eso es real. Mi madre murió. También es real. Y después mi padre. Otro pedazo de realidad. Tú te sientes atraído por mí, pero no quieres verte envuelto en nada más serio. ¿Por qué? ¿De qué tienes miedo? ¿Cuál es la realidad para ti? ¿Y cuál es la fantasía?

–Es una fantasía pensar que podemos convertirnos en amantes y continuar siendo socios de un negocio. Eso sólo nos traería...

–Complicaciones. Y tú no quieres ningún tipo de complicación –lo estudió atentamente, intentando averiguar lo que quería–. ¿Y no habrías tenido complicaciones con Marsha?

–No.

–¿Por qué?

–Porque entre nosotros no había ningún sentimiento –le dirigió a Belle una dura mirada–. Los sentimientos enredan las cosas, impiden que las personas vean la realidad como realmente es.

Belle esbozó una sonrisa misteriosa y burlona.

–Sí, consiguen que lo veamos todo de color rosa, que lo malo nos parezca mejor o, por lo menos, soportable.

–Belle siempre tan optimista.

–Tú antes también lo eras. ¿Por qué otra razón si no habríais invertido mi padre y tú todo vuestro dinero en perforar un pozo en busca de petróleo?

–Aquel era un riesgo calculado. Los dos sabíamos lo que estábamos haciendo.

–Yo también lo sé –contestó Belle prácticamente en un suspiro.

Por un momento, Colt casi la creyó. Pero sólo hasta que un rayo de sol se filtró por las cortinas e iluminó su pelo, extrayendo de él tonos dorados y haciéndole recordar el fuego que escondía en su vibrante cuerpo.

–Tú piensas que me deseas. Pero lo que realmente quieres es conocer todo lo que puede haber entre un hombre y una mujer. Y yo no voy a enseñártelo.

–En ese caso, alguien lo hará.

Colt no atendió a aquel desafío. Giró sobre sus talones y se dirigió hacia la puerta. Pero antes de salir, la miró por encima del hombro.

–Hasta esta noche, Belle, siempre había dormido solo.

Belle pestañeó y asintió solemnemente, como si acabaran de hacer un pacto.

–Bien.

Colt permaneció con el ceño fruncido mientras se duchaba y vestía. Prácticamente acababa de admitir que Belle era alguien especial para él.

Cuando la joven entró en la cocina llevando una blusa de color salmón y un falda blanca, se quedó mirándola atentamente. Pero ella lo ignoró.

Al pasar por delante de él para buscar la cafetera, Belle le rozó el brazo con un seno y a Colt se le pusieron todos los pelos de punta. Y cuando Colt fue a meter sus cubiertos en el lavavajillas rozó sus caderas con las suyas. Se sentaron a la mesa, y entonces sintió sus rodillas.

La cocina parecía haber empequeñecido. En ella no había espacio suficiente para albergarlos a los dos. Apartó las piernas y en completo silencio, se tomó su zumo, comió las tostadas y bebió el café.

Y cuando a ambos se les ocurrió agarrar un cómic al mismo tiempo, sus manos volvieron a encontrarse.

Belle alzó las manos, en gesto de rendición.

–Quizá sea por culpa de la boda.

–¿El qué? –preguntó Colt con extrañeza.

–Que quizá lo que nos está ocurriendo sea por culpa de la boda. Nunca nos ha pasado nada parecido. O quizá sea que no estamos acostumbrados a estar juntos.

–Quizá –se levantó y volvió a rellenar su taza–. Tengo algún trabajo que hacer. ¿Qué planes tienes tú para hoy?

–Voy a ir a ayudar a Mary a ponerse el vestido. Nos veremos en la ceremonia.

Colt asintió, se bebió el café de un trago y desapareció. Belle terminó de leer el periódico, se arregló las uñas y se puso unos rulos para dominar sus rizos.

–Me voy –le gritó a Colt al cabo de un rato.

–¿Quieres que te lleve en coche? –le preguntó él.

–No, ya he llamado a un taxi.

Durante el trayecto al apartamento de Mary, que pronto se convertiría en el hogar de la pareja, Belle estuvo intentando sacar alguna conclusión sobre su relación con Colt. No tenía ninguna experiencia con la que compararla. Y lo único que sabía era que le hacía sentirse infinitamente triste.

Encontró la casa de Mary convertida en un auténtico caos. Pululaban por allí cerca de cincuenta parientes de la enfermera. La puerta de su habitación estaba cerrada.

–Quizá te la abra a ti –le dijo la madre de Mary a Belle–. Dice que no quiere que la vea nadie.

Belle golpeó suavemente la puerta y llamó a su amiga.

–¿Puedo entrar, o necesitas estar sola?

La puerta se abrió. Mary tiró de Belle para que entrara y volvió a cerrarla.

–Dime que no estoy equivocada.

–No estás equivocada –contestó Belle mientras dejaba su vestido y su maletín en una silla.

–¿No crees que estoy arruinando su vida? Slocum es tan maravilloso. Podría haber escogido a cualquier otra mujer, a una mujer más joven...

–Pero te ama a ti –contestó Belle con firmeza–. Y ya es un adulto. Tiene derecho a tomar sus propias decisiones.

–Tengo tanto miedo. Ya cometí un error y no quiero repetirlo y hacerle sufrir a él. Su padre todavía no nos ha perdonado, pero va a venir a la boda.

–¿Te gustaría tener hijos con Slocum?

–Bueno, sí, me gustaría que tuviéramos hijos –Mary la miró un tanto sorprendida.

–El señor Walters se olvidará de todos sus recelos en cuanto vea a su primer nieto. Todavía no tiene ninguno y creo que está preocupado por ello.

–Entonces procuraremos tenerlo pronto. No estaba segura de... –Mary se interrumpió y se quedó mirando atentamente a Belle–. Creo que estoy volviéndome loca. Estoy pensando en los niños cuando todavía no ha empezado siquiera la ceremonia. Estoy muy nerviosa.

–Supongo que Slocum también lo está.

Pero no lo estaba. Cuando la ceremonia comenzó, Slocum se volvió y esperó a que la novia llegara hasta él con expresión relajada y una sonrisa tan hermosa y tierna que Belle estuvo a punto de llorar de emoción al verla.

Después de que la pareja hiciera sus promesas, Belle advirtió que el señor Walters se llevaba un pañuelo a los ojos en un par de ocasiones, cuando pensaba que nadie lo estaba mirando.

La recepción en el club de campo fue todo lo que una novia podía desear. Hubo flores, música, comida y la tarta más bonita y sabrosa que Belle había visto en su vida. Colt se había ocupado de elegir el salón y la música; Slocum y Mary del resto.

El hermano mayor de Slocum ofreció un largo y fervoroso brindis por los novios, y Colt sorprendió a todo el mundo añadiendo su propio brindis; un brindis con tanto humor que terminaron riendo todos a carcajadas.

–Lo siento, viejo –se disculpó ante el novio–. Sólo tenía una joven de la que cuidar y ahora ya es una mujer, de modo que tengo pocas oportunidades de desarrollar mi faceta paternal.

–Quizá pronto tengas otra oportunidad –le contestó Kelley con un brillo travieso en la mirada–. A lo mejor eres el próximo que sube al altar.

Colt miró a Belle a los ojos.

–Llevo años evitando esa soga, y creo que voy a poder resistirme algún tiempo más.

Pero cuando Slocum tiró el ramo de la novia, éste cayó directamente en manos de Colt, lo que provocó todo tipo de risas y bromas que afortunadamente él se tomó con buen humor.

Belle bailó con Slocum, después con el padre de Mary y a continuación con el señor Walters. A pesar de lo cascarrabias que éste último era con sus hijos, era un hombre que le gustaba.

–¿Conoces a mi hijo Harry? –le preguntó.

–Sí.

–¿Y qué te parece?

–Que es tan grande como su padre –contestó Belle con una sonrisa.

–Es todo músculo –dijo el señor Walters con orgullo–. Mira Henry, baila con esta mujer. Estoy a punto de marearme con tantas vueltas.

Belle aterrizó en los brazos de Harry mientras su padre se dirigía al bar a buscar otra cerveza.

–Así que tú eres el hermano economista, ¿verdad?

–Exacto. Se supone que yo soy el que tengo que dirigir el negocio mientras Slocum se encarga de los aspectos legales.

–No creo que esa división laboral funcione durante mucho tiempo. Slocum va a comenzar a trabajar directamente para Gulfco cuando vuelva de su luna de miel.

Belle y Harry no volvieron a separarse durante el resto de la ceremonia. Cenaron juntos en la terraza, y se deleitaron viendo la puesta de sol.

–El otoño llegará antes de que nos demos cuenta –comentó Harry con cierta melancolía.

–Sí. Supongo que tendría que empezar a pensar en volver a la universidad. Todavía me queda un curso.

–¿Qué estás estudiando?

–Empresariales, pero estoy pensando en cambiarme a psicología. Creo que me gusta más la gente que los números.

–Deberías intentar estudiar lo que te gusta –le aconsejó–. La vida es demasiado corta para dedicarla a cosas que no nos hacen felices.

Cuando volvían al interior del salón, Colt salió a su encuentro.

–¿Bailas? –le preguntó a Belle.

Ésta vaciló y a continuación asintió. Colt la condujo a la pista de baile.

–¿Has pensado en lo que ocurrió anoche?

–Sí. Y he llegado a la conclusión de que sería mejor que nos evitáramos el uno al otro durante algún tiempo.

–¿Hasta que sea capaz de controlar mi lujuria? –sugirió Colt con dureza.

–Bueno, o hasta que yo sea capaz de controlar la mía –ignoró los acelerados latidos de su corazón e intentó tranquilizarse. Cuando alzó la mirada, encontró a Colt observándola detenidamente. Si una persona podía ser consumida por una mirada, ella iba a serlo de un momento a otro, pensó mientras Colt la estrechaba contra ella.

–Hueles muy bien, me entran ganas de comerte –musitó–. He llegado a pensar que el hermano de Slocum también estaba intentando hacerlo cuando estabáis en el patio.

–Ha sido muy amable conmigo.

–¿Te gusta?

–Sí.

–Vaya, vaya.

–Vaya, vaya, ¿qué?

–Nada.

–¿Es que Harry tiene algo de malo?

–Nada. Pero es demasiado mayor para ti. Tiene treinta y cinco años.

–Y tú treinta y cuatro.

–Sí, yo también soy demasiado mayor. Podrías buscar algo mejor.

–¿Mejor que tú o mejor que Harry?

–Mejor que cualquiera de nosotros.

Belle dejó de bailar. Intentó apartarse de él, pero Colt no se lo permitió. Después de una breve y silenciosa pelea, renunció y dejó que Colt la condujera hasta una esquina en penumbra.

Y durante un momento mágico, se imaginó que ella y él eran la novia y el novio, danzando alrededor de la pista de baile olvidados del mundo.

Pero al mirar a Colt a los ojos, suspiró. Aquello sí que pertenecía al mundo de la fantasía.

Capítulo 9

QUÉ pasó entre tú y Colt cuando te apartó hasta esa esquina? –le preguntó Kelley durante la comida. Era martes, habían pasado dos semanas desde el día de la boda y aquella era la primera vez que se veían desde entonces. Habían quedado para almorzar y Leah se había unido a su cita.

–Nada extraño... estaba intentando protegerme de esa loca pasión que sentimos el uno por el otro y a la vez intentando desviar mi atención de un hombre que no le parecía conveniente para mí.

Leah se quedó mirando fijamente a Belle, sin estar muy segura de si estaba diciendo la verdad.

–Se supone que tienes que avisarnos cuando encuentres al hombre que te conviene, ¿recuerdas?

Belle sonrió y se encogió de hombros filosóficamente.

–Lo intentaré.

Estaba sustituyendo a Carmen, que estaba disfrutando de una semana de vacaciones. Pat, la madre de Darrel se ocupaba del trabajo de la recepcionista y al mismo tiempo atendía las llamadas de la empresa de servicio doméstico de Dee.

Desde el día de la boda, Belle había visto muy pocas veces a Colt. Éste estaba dedicándose por entero al trabajo de la nueva compañía. Slocum había sido nombrado vicepresidente y director general de la nueva división de la empresa.

–Tengo una noticia que daros.

Belle y Kelley la miraron expectantes.

–Darrel y yo hemos puesto una fecha a nuestra boda.

Vamos a casarnos el fin de semana del Día de Acción de Gracias. Mi padre y mis hermanos vendrán a la boda, y también la madre de Darrel. ¿Podréis venir vosotras? Será una boda sencilla, con pocos invitados, pero me gustaría que estuvierais. Y también Colt y Jamie, y Mary y Slocum, por supuesto.

–No me la perdería por nada del mundo –afirmó Kelley–. Jamie y yo hemos decidido esperar hasta Navidad para que nuestros padres vayan acostumbrándose al hecho de que estamos saliendo juntos para anunciar nuestro compromiso. Estamos pensando en casarnos el día de San Valentín.

Durante el resto de la comida, estuvieron hablando de bodas.

Al igual que Leah, Kelley quería algo más sencillo que la celebración de Mary y de Slocum.

–Ninguna de nosotras tenemos una familia demasiado numerosa, así que no habrá ningún problema.

–La mía es verdaderamente pequeña –se lamentó Belle–. Sólo yo.

–Pero pronto encontrarás al hombre de tus sueños y podrás formar una familia –le aseguró Leah.

Aquella noche, sola en el ático, Belle estuvo jugueteando con el mando a distancia de la televisión, era incapaz de concentrarse en ninguno de los programas.

Justo cuando oyó la llave de Colt en la cerradura, sonó el teléfono. Belle tomó aire e intentó dominar la tensión que se apoderaba de ella cada vez que Colt volvía a casa.

–¿Diga? –contestó al teléfono.

–¿Belle? Soy Harry Walters.

–Harry, me alegro de oírte –le sonrió a Colt cuando éste la miró–. ¿Qué tal estás?

–Estupendamente –vaciló un instante–. Me pregunto si te gustaría salir a cenar conmigo el sábado por la noche. Han abierto un nuevo restaurante italiano. Slocum estuvo el otro día y me lo ha recomendado.

–Oh, bueno... –jugueteó con el cable del teléfono mientras intentaba tomar una decisión.

Colt colgó su chaqueta, se quitó la corbata y desapareció del salón.

–Si tienes algo que hacer...

–No, qué va. Me encantaría ir contigo.

Quedaron en que Harry pasaría a buscarla a las siete. Cuando colgó el teléfono, Belle escuchó a Colt merodeando por la cocina y hacia allí se dirigió.

–Era Harry. Hemos quedado para ir a cenar el sábado por la noche a ese restaurante italiano que han abierto...

–Pensaba que íbamos a ir al rancho –la interrumpió Colt.

A Belle le dio un vuelco el corazón.

–No creo que haga ninguna falta que vaya yo.

Colt la miró con el ceño fruncido por encima de la puerta del refrigerador.

–Hay una subasta de caballos árabes, y creo que deberíamos asistir. Me gustaría comenzar una línea de caballos de exposición en el rancho.

Belle se apoyó contra el marco de la puerta y lo observó detenidamente mientras él se preparaba un sandwich. Pensó en el pasado, y en las veces que le había pedido a su padre que le permitiera criar caballos árabes. Su padre se había negado y además había terminado vendiendo el rancho después de enviarla a ella a un internado. Aquello había sido un terrible disgusto para Belle que se había sentido traicionada y abandonada.

–Yo no tengo ningún rancho –le contestó–. Y no creo que necesites mi ayuda para seleccionar un caballo. Tu capataz está perfectamente preparado para hacerlo.

Observó el musculoso cuerpo de Colt mientras éste se movía por la cocina.

Colt había sido el único que había intentado hacerle entender la tristeza de su padre y los motivos por los que, tras la muerte de su madre, había decidido vender aquel rancho en el que habían sido tan felices. De hecho, Colt había sido la única influencia estable de su vida durante ocho años. Él había sido su mejor amigo y confidente, la única persona cuya opinión había escuchado. La única persona en la que había confiado. La única a la que había amado.

Pero ya no podía ni soñar en arrojarse a los brazos de Colt y pedirle consuelo como hacía en el pasado. Había demasiados sentimientos contradictorios entre ellos.

–¿Entonces, no eres tan buena juzgando a los caballos como juzgando a las personas?

Su burla le dolió profundamente.

–No, de modo que me quedaré aquí e iré a probar ese restaurante italiano con Harry.

Colt se llevó su plato a la mesa y la miró con el ceño fruncido.

–Pensaba que ya habíamos tenido una conversación sobre él.

–Sí, dijiste que te parecía demasiado mayor para mí. Pero yo no lo creo.

–Belle.

–¿Se puede saber qué es lo que tienes contra él? Sólo está interesado en mí como persona, cosa que a ti, por supuesto, te resulta difícil creer. Quizá no todos los hombres deseen únicamente hacer el amor conmigo y marcharse después –a ella misma le parecía imposible haber sido capaz de decirle a Colt una cosa así. Lo miró. Él también la miraba con incredulidad, pero Belle no se retractó.

Colt vaciló unos segundos antes de hablar.

–Yo solo quiero lo mejor para ti, Belle, nada más y nada menos.

Belle suspiró, fingió una risa y se sentó a la mesa.

–Nunca se me ha ocurrido pensar que podías querer lo peor. ¿Pero cómo sabes lo que es mejor para alguien? ¿Conoces acaso mis sueños... los deseos de mi corazón?

Colt bebió un sorbo de cerveza y dejó la lata en la mesa.

–Creo que sé cuáles crees que son tus deseos y tus sueños.

–Me recuerdas a mi padre cuando me regañaba porque quería volver a casa. Me trataba como si yo no supiera lo que quería. Esa es una actitud presuntuosa y condescendiente.

–Jamás he querido tener esa actitud contigo.

Belle odiaba aquella conversación que parecían estar compartiendo dos desconocidos. Hasta hacía muy poco tiempo, había pensado que eran almas gemelas.

–El sexo lo destroza todo, ¿verdad? –preguntó con inmensa tristeza.

–Por lo menos es una complicación que no necesitamos –parecía resignado, cansado.

Belle lo miró a los ojos. Era como estar hundiéndose en un pozo de aguas transparentes en el que nunca se alcanzaba el fondo. Sintiendo la inutilidad de continuar hablando, le deseó buenas noches y se dirigió a su dormitorio.

Colt no podía concentrarse en el catálogo. No conseguía retener un solo dato sobre el historial de los caballos. El capataz y él habían ido a ver las posibles adquisiciones aquella mañana y a decidir el precio que convendría pagar por ellas. Colt dejó el catálogo a un lado y se preguntó por qué diablos estaba pensando en comprar caballos.

Y la respuesta se presentó frente a él con una claridad cristalina. La respuesta era Belle, que en otra época había deseado tener caballos.

Sacudió la cabeza. No podía hacer realidad sus sueños de juventud y, sin embargo, era precisamente eso lo que estaba intentando hacer. Pero Belle ya no era aquella niña que pensaba que el mundo se reducía a los espacios abiertos y a los caballos.

Emitieron las noticias por televisión. Colt comprendió que era tarde y que debería irse a la cama. ¿Pero para qué? No podría dormir, sabiendo que Belle estaba con el hermano de Slocum.

Paseó nervioso por la habitación, apagó el televisor y salió, decidido a volver a la ciudad. Quizá Harry no pudiera seducir a Belle, pero la joven era una firme candidata a enamorarse. Y debía de ser muy difícil que lo hiciera del hombre correcto, alguien suficientemente bueno para ella, alguien que pudiera compartir sus sueños y sus metas, que pudiera darle el hogar y los hijos que quería.

Llegó a la ciudad justo después de la media noche. La luz del cuarto de estar estaba encendida, pero el apartamento estaba vacío. Belle no había llegado todavía.

Colt se quitó los zapatos y se cambió de ropa. Se metió en su estudio y sacó la lista de posibles candidatos para casarse con Belle.

Después de haber tachado a los neanderthales y de que Slocum se hubiera casado con Mary, sólo quedaban tres. Uno de ellos había tenido problemas con las drogas cuando era adolescente. Lo tachó. El otro ya había estado casado y estaba divorciado. Tampoco servía.

Colt añadió un nuevo nombre y escribió el sumario de sus cualidades. Rico, de buena familia, licenciado, con buena reputación. Al igual que Harry, era economista. Añadió también el nombre de un ingeniero con similares características. Ninguno de ellos había estado casado, así que no habían podido divorciarse. Todavía no habían cumplido treinta años, de manera que tenían la edad ideal para Belle.

Durante un segundo, se le revolvieron las entrañas al pensar que sería otro hombre el que le enseñara a Belle lo maravilloso que podía ser el sexo entre un hombre y una mujer. Entre un marido y una esposa, se corrigió. No quería que nadie que no estuviera decidido a comprometerse con Belle le pusiera un dedo encima.

En cualquier caso, cualquiera de los dos nuevos candidatos tendría que hacerlo. Organizaría un encuentro, quizá una cena en el club de campo. Sí, haría algo así. Tanto el economista como el ingeniero jugaban al golf.

Apagó la luz de su escritorio y apoyó la cabeza en su

silla. Dios, estaba cansado. Pero un murmullo de voces le hizo ponerse en alerta.

Era la una de la madrugada. No le parecía una hora recomendable para que Belle regresara a casa.

Se levantó y salió de la habitación. Pronto vio las siluetas de Harry y de Belle recortadas contra la luz de la entrada.

—Ha sido muy divertido —estaba diciendo Belle. Parecía relajada, mucho más de lo que lo estaba últimamente.

Sintió que algo se retorcía en su interior. Pero no, no podían ser celos lo que sentía. Era, simplemente, preocupación. Harry no era el hombre que le convenía a Belle. En absoluto. Colt ya tenía preparados dos perfectos candidatos. Lo único que tenía que hacer Belle era elegir a uno de ellos.

—Yo también lo he pasado muy bien —contestó Harry con voz ronca, sin apartar los ojos de Belle, y la abrazó.

Colt apretó los puños. Aquel tipo no era ningún baboso. Empezaría con un beso ligero e iría haciendo progresos desde allí.

Harry la acercó a él, y Belle se lo permitió. De hecho, hasta le acarició la mejilla. Pero no se estrechó contra él, advirtió Colt con satisfacción. Y tampoco lo abrazó, ni le pidió que le enseñara todo lo que se estaba perdiendo.

Pero estaba permitiendo que besara y la abrazara sin reparo. Unos segundos más, y acabarían los dos en el sofá.

Colt pensó en la posibilidad de darle un puñetazo a Harry. Pensó en meterlo en el maletero de su coche y tirarlo al río. Y justo cuando estaba empezando a pensar que no iba a poder soportarlo más, el beso terminó.

—¿Estarás bien sola en casa? —le preguntó Harry.

Ja, como si hubiera estado a salvo durante uno solo de los segundos que había compartido con él. Colt dio un paso adelante.

—Por supuesto. Gracias por haber compartido esta maravillosa noche conmigo.

–Podríamos repetirlo –sugirió Harry. Acarició su pelo y deslizó la mano hasta sus labios.

Colt hervía de furia. Él sabía mejor que nadie lo suaves y expresivos que podían llegar a ser aquellos labios. Harry se inclinó y volvió a besarla, fue un beso rápido con el que expresaba las pocas ganas que tenía de dejarla. Belle continuó mirándolo desde el marco de la puerta, y no la cerró hasta que el sonriente Harry desapareció en el interior del ascensor.

Colt regresó a su estudio y allí permaneció a oscuras. Cuando oyó los pasos de Belle en el pasillo, a la altura del estudio, encendió la luz.

Oyó un respingo y a los pocos segundos la joven asomaba la cabeza por el marco de la puerta.

–Me has dado un susto de muerte –exclamó, aunque por su tono no parecía en absoluto asustada.

Y, sin embargo, debería estarlo. Colt no era capaz de pensar mientras la miraba. Belle se había puesto aquella noche un minúsculo vestido rojo de tirantes que le llegaba por encima de las rodillas. Con aquellos tirantes tan estrechos, era imposible que llevara ropa interior.

–¿De dónde has sacado ese vestido? –le preguntó, indignado.

–Lo escogió Kelley. ¿No te acuerdas de que me enviaste a verla y...?

–¿Y qué diablos pretendías... seducir a Harry? –sentía el latido de la sangre en sus sienes y sabía que estaba a punto de explotar. Tomó aire y lo soltó. Pero no le servía de nada.

–¿Pero de qué demonios estás hablando?

–De ti. Con ese traje eres toda una invitación.

Belle bajó la mirada hacia su vestido y se encogió de hombros. Se quitó los zapatos de tacón, los recogió, bostezó con cansancio y tras desearle buenas noches se marchó.

Aquello ya era demasiado para Colt. Sin pensárselo dos veces, fue detrás de ella.

Cuando apoyó la mano en su hombro, aquel hombro

desnudo y sorprendentemente suave, el enfado de Colt se transformó en algo distinto, en algo mucho menos fácil de definir o controlar.

Belle se volvió con el ceño fruncido, pero al verlo su expresión cambió.

Colt se inclinó hacia ella y Belle se puso de puntillas para recibir su beso. La joven reconoció el sabor de su furia, y supo que estaba compuesta, a partes iguales, por preocupación, frustración y deseo.

Colt la abrazaba presionándola contra el marco de la puerta y haciéndola cautiva de su beso.

Belle lo sentía estremecerse, y la pulsión de Colt se repetía como un eco en las profundidades de su ser. Compartían un beso salvaje, como si estuvieran peleando. Colt buscó la suave piel de su cuello y descendió a continuación hasta sus senos, para succionar sus pezones a través de la seda del vestido.

–Oh, Colt, sí, querido, sí –repetía Belle una y otra vez, percibiendo ella misma la desesperación y el amor que no podía ya esconder en sus palabras.

Con un rápido movimiento, Colt la levantó en brazos y se acercó con ella hasta la silla del escritorio. Allí se sentó con ella en el regazo y continuó besándola.

Deslizó los tirantes del vestido y descubrió las copas del sujetador de Belle. Con una irónica sonrisa, se lo quitó, lo dejó encima del escritorio y continuó con sus caricias.

Belle estaba ensimismada en su propia exploración. Deslizó las manos bajo la camisa de algodón de Colt y frotó su torso, absorbiendo el calor y deleitándose en la textura de su piel. Pero llegó un momento en el que ya no pudo seguir soportando la fuerza del deseo.

–Llévame a la cama, Colt –susurró–. Ahora, por favor, llévame.

Colt gimió, fue un sonido profundo, gutural, como el de un animal herido.

–No –contestó–. Tenemos que reservarte para...

–¿Para? –preguntó Belle mientras besaba su barbilla sin afeitar.

–Para el hombre con el que algún día te casarás.

En aquel momento, Belle no estaba en condiciones de disimular sus sentimientos. Estando en brazos de Colt, sintiendo el ardor de sus labios no era capaz de dominarse.

–Te deseo, Colt –gimió–. Y te deseo a ti, no puedo desear a nadie más.

Colt alzó entonces la cabeza.

–¿De la misma forma que deseas a Harry?

Colt se oyó a sí mismo formular esa pregunta y se maldijo por haberlo hecho. Pero sabía que tenía que poner alguna distancia entre ellos y la única manera de hacerlo era mediante el dolor.

Un dolor que apareció en los ojos de Belle disolviendo toda la sensualidad que hacía sólo un instante los desbordaba.

–Yo no deseo a Harry. Si lo deseara, lo habría invitado a pasar a tomar una copa. Y seguro que habría aceptado.

Colt se quedó sorprendido ante aquel repentino cambio de actitud. Todavía no había salido de su asombro cuando Belle se incorporó en su regazo y se colocó los tirantes, escondiendo la exhuberancia de sus senos y la evidente respuesta a sus caricias.

Inmediatamente se levantó y recogió el sujetador de encima del escritorio. Colt la observó detenerse y fruncir marcadamente el ceño. Entonces la joven se inclinó un poco más y examinó la lista en la que Colt había estado trabajando.

Belle leyó los nombres de la lista. Los de los dos universitarios, los neanderthales, estaban tachados. Slocum también aparecía marcado. Y también los otros dos. Sólo quedaban otros dos nombres.

–¿Qué diablos es eso? –preguntó Belle. Colt no contestó, pero Belle lo sabía–. Son mis posibles maridos –dijo con una fría sonrisa–. Debes de estar desesperado por deshacerte de mí.

Colt experimentó la desesperación de estar tratando con una mujer decidida a ser la parte ofendida.

—Maldita sea, Belle, las cosas se nos están yendo de las manos. Probablemente Hal esté revolviéndose en su tumba.

—¿Qué tiene que ver mi padre con todo esto?

—Le prometí... —Colt se interrumpió, pero ya era demasiado tarde.

—Te hizo prometerle que me casaría con uno de esos tipos de sangre azul, ¿verdad? Ya le molestó bastante no ser capaz de atrapar a ninguna de esas viudas... porque lo intentó, ¿verdad? Aunque claro, era demasiado burdo para los refinados gustos de esas aristócratas. Esa es la razón por la que fui enviada a ese selecto internado. Para que pudiera encajar sin ningún tipo de problemas en ese ambiente.

—No era eso lo que...

—Claro que sí. Y tú formabas parte del plan. ¿Era él el que te enviaba a hablar conmigo cuando creía que no iba a poder soportarlo más?

—No.

—¿Fue él el que te dio la lista de posibles candidatos? —señaló la lista que había encima del escritorio.

—No, esta lista la he elaborado yo mismo —admitió. Si Belle quería hacer de sí misma una mártir, él no iba a impedírselo.

Belle se apartó de él y se detuvo en la puerta del estudio.

—Esa es la razón por la que me has permitido quedarme en tu casa, ¿verdad? Tu intención no era enseñarme todo lo necesario sobre la empresa, sino conseguir que me casara.

—El mundo de los negocios no es para ti. Eres demasiado sensible —le dijo bruscamente.

—Tienes razón. A mí me gusta la gente —sonrió con tristeza—. Por lo menos la mayoría de la gente. Confiaba en ti —dijo con un hilo de voz—. Creía que eras mi amigo.

—Y lo soy. Esa es la razón por la que me preocupo por

tus intereses. Ya estás preparada para formar un hogar y una familia. Quería que pudieras elegir entre las mejores opciones.

–Lo que querías era intentar obligarme a aceptar una de tus opciones. ¿Sabes una cosa, Colt? Un dictador benévolo continúa siendo un dictador.

Colt se frotó el cuello nervioso, sintiendo cómo aumentaba la tensión mientras Belle continuaba negándose a entrar en razón.

–Hablaremos de todo esto mañana. Es demasiado tarde y estamos cansados,

Belle asintió y se marchó.

Colt escuchó sus pasos hasta que se metió en el dormitorio y cerró la puerta. Al día siguiente se mostraría más razonable, pensó. En ese momento estaba enfadada con él, pero en cuanto hablaran tranquilamente, le haría comprender su punto de vista, llegaría a entender que tenía que cumplir la promesa que le había hecho a su padre y que lo único que quería era lo mejor para ella.

Pero cuando al día siguiente se levantó, Belle se había marchado. Colt maldijo furioso y llamó a Kelley.

–No, Belle no está aquí. ¿Se supone que tenía que estar? –contestó, sorprendida por su llamada.

–No.

–¿Entonces, por qué has pensado que estaría aquí?

Se hizo un largo silencio.

–Anoche discutimos –contestó Colt por fin–. Cuando me he levantado, ya no estaba en casa.

–Mira a ver si está en casa de Carmen.

–De acuerdo. Gracias.

–Y si no la encuentras, llámame.

Colt le prometió que lo haría y después de ponerse en contacto con Carmen, llamó a Leah, a Dee y a Mary, por si hubiera alguna posibilidad de que estuviera con cualquiera de ellas. Al no encontrarla, probó en el apartamento de Pat. Nadie había tenido noticias de Belle.

Estaba intentando volverle loco, decidió después de

hablar con el capataz del rancho y asegurarse de que tampoco había ido allí.

Al cabo de veinticuatro horas, llamó a un amigo policía.

—¿Dices que se ha llevado sus cosas?

—Sí.

—Y tiene veinte años, ¿no?

—Sí —Colt no podía contener la impaciencia.

—Si no ha habido ningún delito por medio, no hay mucho que hacer, Esto no es precisamente la fuga de una adolescente... —respondió el policía—. ¿Habéis tenido una disputa amorosa?

—No digas tonterías.

El policía soltó una carcajada.

—Vaya, vaya, vaya. Así que por fin has caído. Bienvenido al club. Seguro que aparecerá. Prueba a llamar a sus amigas.

—Ya he llamado a todas...

—Vuelve a intentarlo mañana. Probablemente las llamará. Estaremos en contacto. ¡Y no te olvides de invitarme a la boda! —y riendo entre dientes, colgó el teléfono.

Colt también colgó el auricular. Miró la lista de nombres que había preparado para Belle y las supuestas cualidades de los candidatos. A continuación, rompió la lista hasta convertirla en confeti y la tiró a la papelera.

Durante la mayor parte del día, estuvo paseando nervioso por la casa, esperando una llamada, esperando que Belle regresara contrita y sumisa.

Pero a media noche, admitió ya que la joven no iba a volver. Y que en el caso de que lo hiciera la recibiría con los brazos abiertos, que la besaría hasta perder el sentido.

La verdad lo golpeó con la fuerza de una maza.

—Dios mío —susurró, y algo se estremeció en su interior. Qué tonto había sido.

Y Belle había sido la primera en decírselo. Si alguna vez la encontrara, mejor dicho, cuando la encontrara...

Colt pensó en todas las cosas que podía haber hecho cuando Belle todavía estaba allí. Para empezar, podía haberla escuchado, podía haber respetado sus deseos y sus sueños. Hal y él creían que estaban haciendo lo mejor para Belle, pero la joven tenía razón. Lo era desde su punto de vista, no desde el suyo.

Se sentía dolorsamente culpable. Y su sentimiento de culpabilidad encontraba eco y se multiplicaba en aquel apartamento vacío. Maldijo la lista de candidatos a maridos de Belle. No podía haber hecho nada más estúpido... ni más doloroso para Belle.

«Belle no puede casarse con dos simples obreros como nosotros, ¿verdad?»

La amargura inundó su corazón. Le estaba tan agradecido a Hal por poder formar parte de su familia, que creía ciegamente en él. Hal había sido para Colt como un héroe, como un padre. Y cuando Hal había estado de acuerdo en invertir su dinero en unas tierras a las que nadie concedía ningún valor para buscar petróleo, su admiración por él no había encontrado límites.

Y, por supuesto, había creído en Hal cuando le había dicho que un simple obrero no era suficiente para Belle.

De acuerdo, él no tenía estudios, pero había contratado para su empresa a personas que sí los tenían y siguiendo sus consejos había progresado hasta amasar una fortuna.

Tampoco pertenecía a una de las familias de la aristocracia texana. Sus antepasados habían sido pioneros que vivían en Texas cuando todavía era territorio mexicano. Todos sus parientes habían sido rancheros y ganaderos hasta que habían llegado los hombres del petróleo y habían obtenido verdaderas fortunas en unas tierras que otros habían tenido que trabajar duramente durante décadas. No, sus padres no habían sido ricos, pero eran personas decentes.

Además, ¿había acaso otro hombre tan rico como él que no diera ninguna importancia al dinero de Belle? ¿Quién podía ser mejor marido para ella, o un padre más cariñoso para sus hijos? Y más importante todavía, ¿quién estaba suficientemente preparado para quererla más que a sí mismo?

El único hombre que cumplia todos los requisitos era él mismo.

La había querido desde siempre. Sólo quería lo mejor para ella. Años atrás la había cuidado, la había educado... y había escuchado sus sueños. Hasta que Belle había decidido que ya no podía seguir confiándoselos.

Y entonces se había marchado.

Belle le había ofrecido su amor a cambio de nada. Pero al final había renunciado a él. Su marcha lo demostraba. Colt había tenido una oportuniad de amarla, de cuidarla, de brindarle el calor y el cariño que ella derrochaba con todos aquellos que le importaban. Había tenido una oportunidad. Y la había perdido.

¿Para siempre?

No. Conocía a Belle. Sabía que tenía el corazón más generoso del mundo. En cuanto la encontrara, le explicaría lo torpe que había sido. Ella lo perdonaría, y todo saldría bien. Y después vivirían felices, tan felices como prometían los cuentos de hadas.

Capítulo 10

BELLE inspeccionó el pulcro apartamento. En realidad era una única habitación con una pequeña cocina, una alcoba y un cuarto de baño. Pero era una casa alegre, con las paredes forradas de papel rosa y amarillo. A Belle le encantó.

–Creo que aquí podré estar estupendamente –le dijo a la señora Cummings, que esperaba pacientemente a que tomara una decisión.

–Quiero que sepas que no estoy dispuesta a soportar ni fiestas salvajes ni drogas en esta casa –le advirtió.

–No pienso hacer ninguna de las dos cosas –le aseguró Belle, impregnando sus palabras con unas gotas de cinismo. No había hecho una sola locura en su vida, salvo enamorarse de un hombre que estaba deseando deshacerse de ella.

El corazón le dio un vuelco, como le ocurría cada vez que pensaba en Colt, pero rápidamente apartó la imagen de Colt de su mente y fue a buscar su cartera para pagar la fianza.

–¿Puedo trasladarme hoy? –preguntó.

–Sí, por supuesto –la señora Cummings se guardó el dinero en el bolsillo del vestido–. Dijiste que eras estudiante de psicología, ¿verdad?

–Sí. Me gustaría trabajar como consejera de familia, especialmente en asuntos relacionados con niños.

–Sí, yo siempre he pensado que la falta de valores familiares es el principal problema de los niños hoy en día.

–Quizá tenga razón –Belle se dirigió hacia la puerta–. Iré a buscar mis cosas. Pero necesito una llave.

–Oh, claro, si la tengo en el bolsillo –se la tendió–. A veces soy muy olvidadiza. Bueno, a los ochenta y tres años se tienen demasiados recuerdos almacenados en el cerebro, casi no quedan huecos –y sonrió, llenando su cara de dulces arrugas.

Belle le devolvió la sonrisa, preguntándose cómo sería su propia vida cuando tuviera ochenta y tres años. ¿Qué recuerdos guardaría? ¿Tendría nietos, o quizá bisnietos para entonces?

Fue caminando hasta la pensión en la que se había quedado mientras buscaba un apartamento al alcance de sus posibilidades, se matriculó en la universidad y pidió un traslado de expediente. Teniendo un lugar para vivir, ya lo tenía todo arreglado. Porque para entonces, ya había encontrado incluso trabajo.

Una hora más tarde, el taxi les dejó a ella y a sus maletas en su nueva casa. Después de pagar al taxista, se dirigió hacia la tienda de alimentación más próxima. Allí compró leche, cereales, fruta, sandwiches y tres plantas.

Colocó las rosas en la mesa de la alcoba y las enredaderas en el alféizar de la ventana y en la mesita del café.

Cuando terminó de desempaquetar sus cosas y distribuirlas por la habitación, se sentía ya como si estuviera en su propia casa. A las cuatro, se sentó a comer un sandwich. Estaba cansada, pero no era un sentimiento desagradable. Acababa de ver realizados todos los objetivos que se había propuesto al salir de casa de Colt.

Ya tenía un lugar para vivir, y aunque de momento le pareciera terriblemente solitario, sabía que se acostumbraría. Ya había vivido situaciones peores. Por fin iba a empezar a vivir verdaderamente sola, sin poder contar con la ayuda o el respaldo de Colt. Estudiaría lo que ver-

daderamente le interesaba y si fracasaba, la culpa sería
únicamente suya.

A las cinco, se vistió y se fue a trabajar.

–¿Has tenido alguna noticia? –aquella era la primera
pregunta que le hacía Colt a Carmen cada mañana al llegar a la oficina, aunque en realidad hacía ya semanas
que no esperaba ninguna respuesta.

–Sí.

Colt siguió caminando como si no la hubiera oído,
pero de pronto se volvió y regresó hasta la mesa de su
secretaria.

–¿Qué has dicho?

–Sí –contestó sonriendo.

–¿Y ha dicho dónde está?

Carmen le tendió la carta. En una esquina, había es-
crita una dirección que Colt no reconoció. Pero la letra
era de Belle. El corazón se le subió a la garganta al
verla.

–Ya era hora –musitó, y corrió a su despacho para leerla.
Los dedos le temblaban ligeramente mientras sacaba la
carta del sobre.

Era una carta breve. En ella le decía que tenía un
apartamento, había conseguido trabajo y se había matriculado en la universidad para estudiar psicología con intención de llegar a ser consejera de familia.

Colt asintió. Consejera de familia. Sí, era una profe-
sión que le sentaba como anillo al dedo.

Pero su alivio desapareció cuando leyó las últimas lí-
neas.

*Como no voy a estudiar empresariales, que es lo
que tú y mi padre pensábais que iba a estudiar, no
espero ningún tipo de ayuda económica. Pero con mi
trabajo actual y el dinero que he ahorrado este verano, tengo suficiente para todo un año. Si necesito
más, puedo acudir a las becas para estudiantes.*

Gracias por haberme ayudado a comprender el trabajo de la empresa. Sobre todo te estoy agradecida porque eso me ha dado oportunidad de conocer a las que ahora son mis amigas. Tengo un abogado apellidado Encloses. Él se ocupará de todos mis asuntos legales. Preferiría que no tuviéramos que volver a vernos. Espero que disfrutes de una vida feliz.

Sinceramente,
Belle

Colt no se lo podía creer. Examinó atentamente la firma, por si había alguna pista sobre la persona que la había escrito. No, aquella carta no era propia de Belle. De su Belle.

Pero Belle no era suya, se recordó salvajemente. Fuera lo que fuera lo que alguna vez había sentido por él, era evidente que había llegado a odiarlo. Volvió a meter cuidadosamente la carta en el sobre y la guardó en su escritorio.

—No, nunca pregunta por ella —contestó Carmen al teléfono—. No, no ha vuelto a decir nada desde que recibió esa carta. No se lo que ponía en ella, pero desde que la leyó parece una persona diferente.

—Estoy preocupada —comentó Kelley—. Ya han pasado dos meses. Y cuando he quedado a comer con ella, Belle no ha mencionado a Colt ni una sola vez. Además, la veo como si estuviera viviendo en el vacío. Está encantadora, como siempre, y se la ve sonriente, pero es como si nada la afectara personalmente.

—Colt trabaja veinticuatro horas al día. Cuando no está fuera, se dedica a atender asuntos atrasados y a ocuparse de problemas que normalmente deja a los directores. Además está adelgazando mucho.

—Mmm. Creo que ha llegado la hora de que tengamos una reunión. Voy a ver a Mary esta tarde, ¿podrías ocuparte de llamar a Leah y a Dee? Tenemos que planear una estrategia.

–Estupendo. Invitaré también a Pat. ¿Qué te parece que nos veamos en mi casa mañana por la noche? Tenemos que trabajar rápido. El sábado es el cumpleaños de Belle.

Colt entró en la oficina, vestido con vaqueros y botas y con algunas manchas de petróleo en la camisa.

Carmen estaba hablando en ese momento por teléfono.

–¿En el barrio de Belle? ¿Justo en su calle? ¿Un tiroteo?

Colt se detuvo bruscamente. Tenía el corazón en la garganta.

–¿Qué? ¿Qué tiroteo?

Carmen le hizo un gesto con la mano, indicándole que se callara para poder escuchar. Justo cuando Colt estaba a punto de arrebatarle el teléfono, colgó el auricular.

–No ha sido nada.

–¿Ha habido un tiroteo en el barrio de Belle y dices que no ha sido nada? Ese lugar debe de estar lleno de drogadictos y delincuentes... –aunque en realidad, cuando había ido en coche a conocerlo le había parecido un barrio muy agradable.

–Es un barrio que está cerca de la universidad. Viven muchos estudiantes en él –le aseguró Carmen–. Probablemente haya habido un error. Belle cree que ha habido un malentendido y la policía se ha asustado. No creo que haya habido mucha sangre.

–Sangre –repitió Colt, imaginándose a Belle en el suelo, mientras la vida se escapaba por una herida.

–No había nadie. Quizá ni siquiera haya ningún herido. Dice Belle que en realidad no ha visto a nadie cuando ha ido a investigar.

–¿Que ella qué? –estalló Colt.

–Cuando ha ido a investigar el tiroteo. Pero cree que quizá sólo haya sido el ruido del tubo de escape de un coche.

Pat apareció en ese momento en el marco de la puerta.

–¿Sabes? Cuando vivía en la calle vi en una ocasión a un hombre disparando a otro. Había sangre por todas partes. Era un ladrón que acababa de atracar una tienda cerca del parque y...

–¡Dios mío! –exclamó Colt. Se sentía como si estuviera desangrándose él mismo.

El teléfono sonó en ese momento y Pat fue a contestarlo. Carmen miró a Colt con expresión preocupada.

–¿Crees que Belle está segura en ese barrio? Ella dice que está completamente a salvo, y que nadie la molesta cuando sale de trabajar a medianoche y va andando desde el restaurante hasta su casa.

–A medianoche –repitió Colt con voz ronca–. Por todos los diablos, esa chica no tiene cerebro... Debería –le dio un puñetazo al marco de la puerta–. Voy a ir a ver ese lugar –le dijo a Carmen–. Ya puedes dejar de preocuparte. Si Belle no está segura en ese barrio, la haré volver inmediatamente a casa.

–Pues ya puedes darte prisa, porque el domingo cumple veintiún años y entonces, ya no tendrás ninguna autoridad sobre ella.

Colt se quedó mirándola fijamente. No había pensado en ello. Bueno, no importaba. No iba a quedarse parado, viendo como hacían daño a Belle.

Aquel día, fue muy poco el trabajo que consiguió sacar adelante.

A las cinco, antes de salir de la oficina, Carmen le preguntó:

–¿Qué piensas hacer con Belle? Tendrás cuidado de no herir sus sentimientos, ¿verdad? Es más sensible de lo que parece.

–No debería haber dejado que se fuera a vivir sola –admitió Colt–. No me di cuenta de que...

–¿De que estabas locamente enamorado de ella?

Colt sintió un calor en el pecho que rápidamente se desplazó hasta su rostro. Colt se enfrentó a la compasiva mirada de Carmen y suspiró.

–¿Tan evidente es?

–Lo único que es evidente es que has estado muy preocupado por ella.

–Si lo hubiera sabido antes... –sacudió la cabeza–. Pero tuvo que irse para que me diera cuenta. Comprendí muchas cosas cuando Belle se marchó.

–¿Como por ejemplo que ya es una mujer adulta?

Colt miró a Carmen con tristeza.

–No tardé en darme cuenta –le dijo Carmen– de que, a pesar de su simpatía desbordante y su vitalidad, era más madura que mi propia hija. Aunque supongo que es normal. Perdió a su madre a una temprana edad y tuvo que irse lejos de su casa. Después perdió a su padre. Todas esas experiencias le han hecho madurar como persona.

–Pero a los diecisiete años todavía era una niña...

–No lo es a los veintiuno.

–Tengo prácticamente catorce años más que ella.

–Sinceramente, Colt, ¿de verdad crees que eso importa?

–A mí no, pero ella es joven. Se merece una persona tan idealista como ella.

–Lo que se merece es un hombre que la quiera y la mime durante toda su vida –Carmen sonrió–. Te recuerdo que Belle adora las flores.

Belle terminó de secarse el pelo. Se puso los pantalones del uniforme, se colocó la blusa blanca y completó el atuendo con una corbatita estrecha y una chaqueta. A continuación se maquilló ligeramente, pues a su jefe le gustaba que las camareras fueran bien arregladas. Terminó y se puso a recoger todas sus cosas.

En ese momento, llamaron a la puerta.

Sobresaltada, dejó caer el gorrito que tenía que llevar con el uniforme y miró por la mirilla de la puerta. Gimió, retrocedió y se quedó mirando fijamente la puerta, como si pensara que se iba a poner a arder de un momento a otro.

–¿Belle?

Belle respiró hondo y abrió.

–Hola, Colt. ¿Qué estás haciendo aquí?

–Pasaba por el barrio –le tendió un ramo de rosas y entró.

Belle cerró la puerta y miró a su alrededor. Al final se decidió a dejar las rosas encima de la mesita del café.

–Así que pasabas por el barrio...

–En realidad he venido a verte.

Recorrió a grandes zancadas el pequeño apartamento, deteniéndose a curiosear algunos objetos. Uno de ellos era una foto que Belle siempre llevaba consigo en la que aparecían Colt y el padre de Belle. En otra estaban ella y su madre.

–Tienes una casa muy bonita.

–Gracias.

–¿No me vas a invitar a una taza de café? Ha sido terrible tener que soportar de nuevo mi café después de haberme acostumbrado al tuyo.

–Tu problema es que mueles demasiado el café, y además echas mucho.

–Sí, sabía que había algo que no hacía bien.

Belle estaba asombrada por el curso que estaba tomando la conversación.

–Voy a hacer café –y se dispuso a preparar una cafetera, no sin antes echar un vistazo al reloj–. Tengo que irme a trabajar dentro de media hora.

–Te llevaré yo. Kelley me comentó que estás trabajando en un restaurante situado cerca del río.

–Sí. Es un lugar muy agradable. Y también lo es mi jefe, y las otras camareras.

–Estupendo –se sirvió una taza de café en cuanto la cafetera comenzó a gorgotear–. ¿Tú quieres?

Belle asintió y se sentó a la mesa de la cocina. Colt le tendió una taza y se sentó frente a ella.

–¿Qué tal van las clases? –le preguntó Colt.

–Muy bien.

–¿Y a qué hora vuelves de trabajar?

–A medianoche.

–¿Y vienes a casa andando?

–No está lejos –contestó rápidamente. Pero, para su sorpresa, Colt no la regañó, ni siquiera frunció el ceño al enterarse. Al contrario, la animó a que continuara hablándole de sus estudios y de su trabajo.

–¿Y qué me dices del tiroteo?

Belle lo miró con los ojos abiertos de par en par.

–¿Qué tiroteo?

–El que ha habido en el vecindario y que, por supuesto, tú has ido a investigar.

–No ha habido ningún tiroteo, por lo menos del que yo me haya enterado. Este es un barrio muy tranquilo. Casi todos sus habitantes son estudiantes y familias.

–Hmm –una sonrisa asomó a las comisuras de sus labios, y Belle sintió un pellizco en su corazón. A veces Colt era tan encantador... La joven tuvo que desviar la mirada para no sucumbir a la tentación de hacer alguna estupidez, como caer rendida a sus pies y decirle cuánto lo echaba de menos.

–Bueno, ya es hora de que me vaya –comentó Belle, tras mirar por segunda vez el reloj.

Colt la llevó hasta el restaurante y se despidió amigablemente de ella. Una vez dentro, la joven intentó analizar lo sucedido durante la hora anterior, pero no conseguía describir exactamente cual había sido la actitud de Colt. La había mirado de una forma extraña, sorprendentemente tranquila... quizá incluso con ternura.

No, estaba haciéndose ilusiones. Simplemente había ido a comprobar cómo estaba. Al fin y al cabo, continuaba siendo su tutor. Y lo seguiría siendo, miró el reloj, durante seis horas más. A partir de entonces, ya no tendrían motivos para volver a verse otra vez.

Colt era consciente de que estaba nervioso. Peor aún. Estaba aterrorizado. Enfrentarse a Belle era terriblemente peligroso.

La joven salió del restaurante cerca de las doce y cuarto. Ya era domingo, por tanto.

–Belle –la llamó, antes de que la joven comenzara a caminar.

–¿Colt?

–Sí, soy yo. ¿Quieres que te lleve a casa?

–Yo... gracias –se dirigió corriendo hasta el coche.

Colt lo puso en marcha y la llevó hasta su casa, que estaba sólo a dos manzanas de allí. Advirtió que la calle estaba muy bien iluminada, y pasaron por una tienda de comestibles que abría durante las veinticuatro horas del día.

–Sí, parece un barrio muy tranquilo –comentó, intentando romper el silencio que crecía a cada segundo entre ellos.

En la puerta de su apartamento, Belle se volvió hacia él con el ceño fruncido, sin saber muy bien lo que debía hacer.

–Invítame a un café –le sugirió Colt. Inmediatamente se preguntó si Belle recordaría la referencia que ella misma había hecho a ese tipo de invitaciones nocturnas el día que había salido con Harry.

La mirada inquieta de Belle lo convenció de que ella también recordaba aquella discusión.

Una vez en el interior, Belle preparó un café descafeinado, buscó un chándal y tras pedirle que la disculpara un momento, se metió en el baño. Colt se dedicó a merodear por el apartamento, deteniéndose de nuevo en las fotografías que había encima de la mesa. Él debía de tener unos veintiún años cuando Lily les había hecho esa foto. Y en la que Belle aparecía con su madre, no debía de tener más de diez.

Belle regresó vestida con un chándal azul y el rostro completamente limpio de maquillaje. A Colt le gustaba más así. La observó servir un par de tazas de café.

–Tienes una casa muy agradable.

–Sí, ha sido una suerte que la haya encontrado.

–Espero que no la eches mucho de menos –Colt sonrió al advertir su estupefacción y movió la silla para estirar las piernas– cuando regreses al ático.

Belle se sonrojó ligeramente y Colt comprendió que estaba furiosa. Ah, la vieja Belle no había desaparecido del todo.

–No pienso volver –contestó, apretando los labios con determinación.

–Sin embargo, yo creo que deberías hacerlo –respondió Colt, dejando su taza en la mesa e inclinándose hacia delante.

–Pues yo creo que no –lo desafió.

–Echo de menos oírte cantar en la ducha.

–Ja.

–Y también echo de menos tus cenas... Estaban tan ricas. Y echo de menos tus regañinas sobre mi vida amorosa. Tenías razón, jamás habría sido feliz con una persona como Marsha.

Belle se quedó mirando fijamente la taza de café. Un destello de emoción cruzó su rostro, pero fue demasiado rápido para que Colt pudiera interpretarlo.

–¿De qué estás hablando?

–De ti. De mí. De nosotros.

–Es tarde, Colt –respondió Belle sin atreverse a mirarlo–, y estamos cansados. Creo que deberías irte.

Colt sacudió la cabeza.

–No pienso irme sin ti.

Belle tomó aire, como si estuviera intentando controlarse. Pero Colt no quería que se tranquilizara. Quería pasión, quería fuego, quería un deseo que hiciera ensombrecer a todo lo demás.

–¿Por qué estás haciendo esto? –le preguntó Belle.

Colt se levantó y rodeó la mesa.

–Porque, para decirlo con palabras sencillas, no soporto vivir sin ti.

Belle se levantó de un salto y, cuando Colt intentó acercarse a ella, retrocedió. Él la siguió con un extraño brillo en la mirada y una sonrisa asomando a las comisuras de su boca. Belle sacudió la cabeza.

–Eso es absurdo. Jamás has necesitado a nadie.

–No es verdad, Belle. Lo que ocurría era que pensaba

que no podía tenerte, que no era demasiado bueno para ti.

–¿Pero cómo diablos has podido pensar una cosa así? –estaba tan impresionada que apenas podía hablar. Ni siquiera tenía la certeza de estar escuchando correctamente.

Colt continuó caminando hacia ella, hasta que consiguió atraparla contra el mostrador.

–Algún día te lo explicaré –contestó él–. Tengo trece años más que tú, ¿eso te molesta, Belle?

Belle negó con la cabeza.

–Estupendo –Colt se arrodilló entonces ante ella.

–¿Pero qué haces? ¿Es que te has vuelto loco?

–Quiero proponerte matrimonio. ¿Crees que estás preparada?

–No –casi gritó. Intentó apartarse, pero Colt se lo impidió.

–Estate quieta –buscó en el bolsillo de su chaqueta una cajita y la abrió.

Belle creía que el corazón iba a salírsele del pecho. Cuando Colt abrió la caja, no fue capaz de hacer otra cosa que quedarse mirando su contendio fijamente y pensar estupidamene que aquel diamente no tenía tres quilates.

–Es una sortija diferente –le explicó Colt–. No es tan grande como la otra, pero es un diamente perfecto.

Sacó la sortija de la caja y se la tendió. Belle apartó la mano, pero Colt se la agarró suavemente.

–¿Quieres casarte conmigo, Belle? Prometo ser un marido cariñoso y un buen padre para tus hijos.

–¿Por qué?

–Porque te amo. Siempre te he amado. Y sospecho que siempre lo haré –sonrió con pesar–. El problema es que soy un cabezota. Me cuesta mucho caer en la cuenta de cosas como... como el amor...

Belle se veía reflejada en su mirada. Estaba abrumada por lo que estaba sucediendo y se sentía insegura. Le parecía increíble que le estuviera ocurriendo una cosa así justo cuando había decidido madurar y aceptar que no existían en el mundo las hadas madrinas, que no existían las varitas mágicas con las que convertir en realidad los sueños más deseados.

Colt le deslizó el anillo en el dedo. Encajaba perfectamente.

–Di algo –le pidió–. Di sí.

–Sí –le rodeó con los brazos y lo estrechó contra ella con toda la fuerza del amor que había reservado en su corazón durante todos aquellos años–, claro que sí.

Y entonces Colt la besó, y todo el mundo pareció detenerse.

–Más –susurró Belle cuando se detuvieron para tomar aire–. Hoy quiero que me lo enseñes todo.

–Esta noche, no –contestó tembloroso–. No vamos a....

–Ya conozco el resto de la frase –replicó Belle con pesar.

Colt tomó aire y le hizo apartar las manos de él.

–Para eso tendremos que esperar hasta que estemos casados.

–Podemos convertirnos antes en amantes, Colt...

–No, lo que haremos será casarnos cuanto antes. ¿Qué te parece que nos casemos en Navidad? Nos iremos de luna de miel durante un par de semanas. He descubierto que quiero disfrutar a solas contigo durante todo el tiempo que sea posible.

Belle se estremeció y lo miró a los ojos. Colt le dio la mano y caminó con ella hasta una silla. Allí la sentó en su regazo y planificaron juntos su futuro.

–Cuando me despierte y descubra que todo esto es un sueño, voy a morirme de pena –musitó Belle, besándolo en el cuello.

–Esto no es un sueño, Belle.

En ese momento escucharon en la distancia el ruido del motor de un coche.

–Necesitaré un coche para ir a la universidad cuando

nos casemos. Tu casa está demasiado lejos para poder ir andando desde allí.

—Te regalaré uno esta Navidad.

—Mi padre decía que yo era la peor conductora del estado de Texas —le advirtió Belle, intentando ser sincera.

Colt rió suavemente.

—Sé por experiencia propia que tu padre se equivocaba de vez en cuando.

—¿Cómo cuando pretendía escoger a mis posibles pretendientes?

Colt se dio cuenta de que Belle había averiguado intuitivamente por qué él jamás había admitido la posibilidad de amarla.

—Sí, en eso nos equivocamos los dos. Sin embargo, tú tenías razón.

—Bueno —contestó Belle divertida—, ya sabes que siempre se me ha dado muy bien juzgar los caracteres de las personas.

Epílogo

BELLE, estás radiante –exclamó Kelley entusiasmada–. Venga, que las damas de honor de la novia se coloquen a este lado, y los acompañantes del novio a este otro. Rápido. Los invitados están esperando.

Belle estaba resplandeciente. Aquel era el día de su boda, el día en el que el más hermoso de sus sueños se había hecho realidad. Miró al que ya era su marido, que justo en ese momento estaba deslizando la mirada sobre ella, en una minuciosa observación que llegó hasta lo más profundo del corazón de Belle.

La joven tuvo que reprimir una carcajada. Tenía que mostrarse discreta y elegante en el día de su boda.

–Sonríe –le pidió Kelley.

El fotógrafo disparó varias veces. Por un instante, Belle echó de menos que estuvieran allí sus padres y los de Colt para poder ser testigos de la felicidad de sus hijos.

–Ahora, una en la que estemos Belle, Carmen, Mary, Dee y yo –pidió Kelley, evidentemente en su ambiente. Ella era la que había ayudado a Belle a escoger el vestido y a organizar todo lo referente a la boda.

Belle había considerado la posibilidad de casarse con un vestido de seda roja, como las novias asiáticas, pero sus amigas habían insistido en que se casara de blanco.

–Al fin y al cabo –le había dicho Kelley–, eres la única de nosotras que todavía está en condiciones de cumplir con la tradición.

Belle había mirado a sus amigas con una sonrisa traviesa.

–Eso no lo sabéis –había susurrado, pero inmediatamente había estallado en carcajadas, anulando el efecto de su supuesto misterio.

Colt la tocó el hombro y retrocedió para que las damas de honor, sus amigas, pudieran colocarse a su alrededor. Belle sonrió, y no dejó de sonreír en toda la tarde. Al final, cuando ya se había puesto el sol, la cena había terminado y se habían hecho todos los brindis, Colt se volvió hacia ella.

–¿Nos vamos?

Belle asintió.

Colt había planeado llevarla a Hawai, pero Belle había rechazado la idea. Sabía exactamente dónde quería pasar la luna de miel. De modo que se dirigieron a los servicios para cambiar sus elegantes atuendos por unos vaqueros y unas camisas, y se dirigieron al rancho. Belle quería disfrutar la noche de bodas en la casa en la que pasarían la mayor parte de su vida en cuanto tuvieran hijos, y Colt se había mostrado de acuerdo.

Belle suspiró feliz. Su vida iba por buen camino.

Cuando llegaron al rancho, Colt la dejó en la casa y comentó que iba a comprobar algo. Belle se cambió rápidamente de ropa, poniéndose uno de los camisones que sus damas de honor le habían regalado. Después, mientras intentaba decidir si estaba nerviosa o no, o al menos si debería estarlo, se metió en la cama y esperó. Pero no por mucho tiempo.

A los pocos minutos, Colt entró en la habitación descalzo, como estaba siempre en casa, y se sentó a su lado.

–¿Tienes mucho sueño? –le preguntó.

–Mucho –contestó Belle con una sonrisa.

–Mmm –Colt le dio un beso y la abrazó con ternura.

Belle esperó, pero Colt se limitaba a abrazarla. La joven carraspeó y él la palmeó cariñosamente el brazo.

–¿Cuándo diablos vamos a empezar? –preguntó Belle.

Colt alzó la cabeza.

–He estado leyendo ese libro sobre las vírgenes y las

noches de bodas. Allí decía que debía darte tiempo para que fueras acostumbrándote a mí –la acurrucó contra él–. De hecho, en el libro aconseja descansar la primera noche...

–¿Después de todos los años que me he pasado esperándote? Ni lo sueñes.

Y si él no estaba dispuesto a comenzar, lo haría ella. Lo primero que hizo fue besarlo en la barbilla para continuar ascendiendo hasta su boca, después, le abrió la camisa y acarició su pecho.

Pronto decidió que aquello no era suficiente. De modo que le desabrochó los vaqueros y le bajó la cremallera. Colt abrió los ojos en ese momento.

–Creo que estarías más cómodo sin esto –sugirió Belle en tono voluptuoso.

–Sí, creo que tienes razón –se mostró de acuerdo Colt. Y se quitó los pantalones.

Cuando terminó, Belle volvió a acurrucarse contra él.

–Voy a besarte durante un rato. Para que vayas acostumbrándote a mí.

Colt le permitó que continuara su exploración durante unos quince minutos. Jamás habría podido imaginarse sometido a una tortura tan dulce.

Tenía el cuerpo empapado en sudor, pero quería que Belle se sintiera cómoda con él, que fuera acostumbrándose a su cuerpo. Así que decidió darle unos cuantos minutos más... un par de minutos.

–Ya está –musitó, cuando las caricias de Belle comenzaron a ser demasiado íntimas. Cambió de postura para colocarse sobre ella y miró a los ojos a su esposa.

Temblaba de amor por ella. Aquella noche sería la primera para ellos, pero Colt estaba convencido de que no se cansaría de hacer el amor con Belle en toda su vida, de que jamás se cansaría de estar con ella.

Belle convertía cada día en una aventura.

–Vamos a quitar esto de aquí –sugiró Colt con la voz ronca por un deseo que no tenía ninguna intención de ocultar, y deslizó la mano por debajo del camisón.

Belle posó la mano sobre la suya.

–Cariño... ya conoces las reglas.

Colt se detuvo e intentó pensar en qué se le podía haber olvidado.

–Voy a utilizar protección, si es eso lo que te preocupa –aventuró.

–No, no es eso –una sonrisa iluminó su rostro–. Es algo relativo a la cintura.

–¿La cintura?

–Sí, bueno, supongo que tendrás que limitarte a la cintura.

–Belle, ¿se puede saber qué estás intentando decirme?

–Pues que no puedes bajar por debajo de la cintura. Esas son las reglas. Tú mismo las pusiste.

Colt estalló en carcajadas.

–Y yo mismo las voy a violar. Has derrumbado todas mis resistencias, Belle, no puedo apartar mis manos de ti –respondió, y continuó acariciándola.

–Bueno –susurró Belle al cabo de un rato–, estoy segura... bastante segura... aunque no en un cien por cien, de que tus intenciones son honradas. Al fin y al cabo soy una excelen... mmm... mmmm....mmmmm.

Bianca®...
la seducción y fascinación del romance

No te pierdas estos libros Bianca de Harlequin®

Ahora puedes recibir un descuento pidiendo dos o más títulos.

HB#33363	PARAÍSO PERDIDO de Robyn Donald	$3.50	☐
HB#33364	TURBIO DESCUBRIMIENTO de Laura Marton	$3.50	☐
HB#33365	DECISIÓN ARRIESGADA de Robyn Donald	$3.50	☐
HB#33366	JUEGO DE MENTIRAS de Sally Carr	$3.50	☐
HB#33369	VIEJOS SUEÑOS de Susan Napier	$3.50	☐
HB#33370	DESPUÉS DE TANTO TIEMPO de Vanessa Grant	$3.50	☐

(cantidades disponibles limitadas en algunos títulos)

CANTIDAD TOTAL	$ _____
DESCUENTO: 10% PARA 2 O MÁS TÍTULOS	$ _____
GASTOS DE CORREOS Y MANIPULACION	$ _____

(1$ por 1 libro, 50 centavos por cada libro adicional)

IMPUESTOS*	$ _____
TOTAL A PAGAR	$ _____

(Cheque o money order—rogamos no enviar dinero en efectivo)

Para hacer el pedido, rellene y envíe este impreso con su nombre, dirección y zip code junto con un cheque o money order por el importe total arriba mencionado, a nombre de Harlequin Bianca, 3010 Walden Avenue, P.O. Box 9077, Buffalo, NY 14269-9047.

Nombre: _____

Dirección: _____ Ciudad: _____

Estado: _____ Zip code: _____

Nº de cuenta (si fuera necesario): _____

*Los residentes en Nueva York deben añadir los impuestos locales.

Harlequin Bianca®

CBBIA1

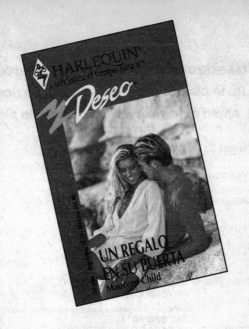

El capitán Jeff Ryan había luchado en muchas batallas como oficial de marines. Pero hacer de padre fue la misión más dura de todas. Cuando dejaron a un bebé en la puerta de su casa, Jeff pidió refuerzos y la niñera Laura Morgan apareció en su vida.

De repente, la adorable Laura se puso al mando y Jeff quedó a sus órdenes. Entonces, el bebé les robó el corazón a Laura y a Jeff. Pero él nunca había planeado ser padre o marido. Aunque quizá sólo fuera asunto de tiempo que las reservas de Jeff se debilitaran y rindiera su corazón para siempre.

PIDELO EN TU QUIOSCO

Intoxicados de deseo, su propia pasión había terminado por arrastrarlos. Pero él la había abandonado... dejándole solamente una pequeña parte de su ser: un bebé.

Seis años después, Adam se había convertido en un hombre rico y poderoso y Claudia necesitaba su ayuda. Él accedió, pero a cambio de un precio: que ella se convirtiera en su esposa. El matrimonio con el hombre que la había tracionado le parecía una carga difícil de soportar, pero, al borde de la bancarrota y enfrentada con una batalla legal por la custodia de su hija, era un precio que no podía negarse a pagar.

El precio de un marido

Diana Hamilton

PIDELO EN TU QUIOSCO

HARLEQUIN
Recrea el tiempo para ti
Deseo

DESEOS DE AVENTURA
Elizabeth Bevarly

Angie Ellison acababa de casarse con un hombre misterioso en una boda dispuesta en apenas unos días. Estaba claro que las leyendas sobre el cometa que pasaba cada quince años sobre su ciudad eran ciertas... ¡afectaba extrañamente a todos los habitantes de Endicott! Esa debía ser la razón de que estuviese deseando llegar a la noche de bodas, aun teniendo por marido a un hombre poco modélico.

El agente infiltrado en la mafia Ethan Zorn no estaba interesado en esas tonterías de cometas, ni en una boda rápida, ni en quedarse en aquella ciudad de locos una vez hubiese resuelto su caso. Pero también sabía que no era el dichoso cometa lo que le hacía actuar como un recién casado enamorado. Era culpa de Angie...

PIDELO EN TU QUIOSCO